大活字本シリーズ

内田洋子

ジーノの家《上》

イタリア10景

埼玉福祉会

ジーノの家　上

イタリア10景

装幀　関根利雄

目次

黒いミラノ……7
リグリアで北斎に会う……62
僕とタンゴを踊ってくれたら……111
黒猫クラブ……157
ジーノの家……205
犬の身代金……258

ジーノの家

イタリア10景

黒いミラノ

初めてそのバールに入ったのは、今から二十年も前になるだろうか。

当時、私はその店と同じ通り沿いに日本から引っ越してきたばかりで、荷物が片付くまで連日のように、やれコーヒーだ昼食だと、バールに足繁く通っていた。すでにいっぱしの常連気取りで、自在にミラノを使いこなしているような気分でいた。ミラノについてはもちろん、自分の住む界隈のことすら何もわかっていなかったというのに、異国の地で背伸びをして通《つう》ぶってみたかったのかもしれない。

店は、うっかりしていると気づかずに通り過ごしてしまうような、小さくて目立たない構えである。

奥行きいっぱいのカウンターと、その前に人ひとりが通れるかどうかのスペースがあるだけで、まるで廊下がそのままバールになったような造りである。狭いうえに壁には、古びて赤茶けた写真や手書きのメニューがびっしりと張ってある。カウンターの片隅には、色あせた造花の入った花瓶が置いてある。客が送ってくるのだろうか、レジの背後にはおびただしい数の世界各地の絵はがきが、押しピンで無造作に貼り付けてある。

カウンターの背後は鏡面になっていて、そこに据え付けられた棚には、多種の酒瓶がずらりと並んでいる。梯子《はしご》がないと届かないような上の棚で埃を被ったままの瓶もあれば、手近な高さには出入りの頻繁なカンパリやジン、グラッパのあれこれが見える。

混沌とした店内は活気に満ちているものの、ひどく時代から取り残された印象である。それは、骨董趣味とか、ちょっと戦前ふう、というような粋な懐古主義とはかけ離れたもので、店のすべてがただ単に古くさいというだけのことなのである。

数年前に店じまいすることになった近所の食堂の店主から、「粗大ゴミ回収に出しそびれた。頼むよ」と泣きつかれて二束三文で払い受けた〈フォアローゼズ〉のロゴ入り業務用冷蔵ケースが、通路の突きあたりに置いてある。薄暗い蛍光灯の下で、黄色の地に真っ赤な薔薇のマークが浮かび上がって見える。こんなバールで、しかもここはイタリアなので、バーボンなど頼む客は見かけないし場違いなことこの上ないのだが、時が経つにつれてこのフォアローゼズ冷蔵庫もそのますっかり店の一部となり、今日も変わらず廊下の奥で薔薇を携え客を迎えている。

店には、客が通れるスペースがあればそれでいい。店主ペップッチョは、徹底している。エスプレッソを注文する客に、タバコを買う人あり、お次の方は？　えっバス乗車券ですって？　うちでは扱ってませんよ。ちょっと、そのスツールで必要以上に長居してもらっては困るんですがね。狭いんだからここは。はい次の方、ご注文は何でしょう。

愛想のない店である。しかし、失敬かというとそうでもない。店と客との間には適度な距離感があり、それは客に対する店からの無言の礼儀のようなものかと思う。頻繁に通っても、店主と変に慣れ合った感じになることはなかった。私にはその素っ気なさがむしろ気楽だったし、店主の凛とした品格と思いやりを感じた。

ペップッチョは店の佇まいと同じく、時代の流れや他人からの評価といったことにはいっさい無頓着な、下腹の出たごくふつうの中年男である。十年一日の如く、何ということのないシャツに何ということのないジーンズ姿で、入れ替わり立ち代わり入ってくる客を右から左へ淡々とさばき続けている。

相当にぶっきらぼうな店であるにもかかわらず、なぜか客足は途切れることがなかった。早朝から未明まで、元旦も真夏も、年じゅうとにかく休まず店は開いていて、どの時間帯にもまるで吸い込まれるようにして、人々はこの廊下のようなバールに入ってくる。客は店に入るや即座に注文をし、用が済めばそそくさと出ていく。一見《いちげん》の客も常連も、店を空気のように扱う。客もまた、店主に負けず劣らず淡白なのだった。

バールには、時間帯ごとに常連がいる。

当時、日本のマスコミに情報を送る通信社業をしていた私は、時差もあって不規則な生活を送っていた。これからネタが入ってくるか、来ないか。じっと自宅で待機する。携帯電話などない頃である。待ち続けるうちに買い物をしそびれることはしょっちゅうで、空腹同様、冷蔵庫も空なのに気づいては天を仰ぎ、ペップッチョのバールに直行するのだった。

不規則な生活のせいで、バールに行く時間帯も決まっていない。訪れる時間が変われば、バールの様子も微妙に変化した。こうして私はペップッチョの店を通して、ミラノの二十四時間の断片を拾い集めるように、さまざまな人たちと少しずつ知り合いになっていった。

朝五時頃。キオスクに朝刊が運ばれてくる頃、バールには、卸売市場で仕入れを終えたばかりの青果業者や、早出もしくは夜勤明け帰りの工員たち、道路の清掃業者たちが立ち寄る。働くミラノの人たちと並んで、酒なのか薬なのか、焦点の合わない目つきで足元をふらつかせている怪しげな輩《やから》もまた、この時間帯のバールの常連である。〈さあこれから一日の始まりだ〉と活気に溢れる人たちと、〈コーヒーでも飲まないことには埒《らち》があかない〉というような夜を過ごした人たちに挟まれて、私もコーヒーを注文する。

これだけ朝が早いと、バールにやってくる面子《メンツ》は毎日ほとんど変わらない。それなのにカウンターに横並びに揃ってコーヒーを飲むとき、互いに声を掛け合うこともない。朝には各人にそれぞれの理由があって、誰にも気兼ねをせずに、まずは黙ってコーヒーを飲みたいものなのである。客同士、これは暗黙の了解で、あえて破るような野暮はいない。

ペップッチョが無言で、手際よくカップを並べる。カップ分の豆を挽く。濃厚な香り。順々にコーヒーを入れていく蒸気の音。白く立ち上る湯気。狭い店内には、スプーンで砂糖をかき混ぜる音とカップと受け皿が触れ合う音が響くばかりである。ある人はきびきびと、また別の人はぼんやりと口へ運ぶ、本日一杯目のコーヒーである。

たいていのバールは、通勤や通学時間をめがけて七時前後に店を開ける。開いたばかりのバールのコーヒーマシーンには、電源が入って間もない。点けたてのマシンからは、前日の酸いような残味とともにタールのようなコーヒーが出てくることがある。エスプレッソは濃ければよい、というものでもない。知らずに飲み干すと、昼過ぎまで胃につかえている。

ところがペップッチョの店はというと、朝から翌朝まで休みなく開いているようなものなので、エスプレッソマシーンは冷える間もない。それで、いつ訪れてもおいしいコーヒーが味わえるというわけである。

それは、ある厳冬の朝のことだった。

五時半を少し回った頃、私はいつものように早朝の顔馴染たちとカウンターにつき、お決まりの仏頂面を下げて、コーヒーが入るのを待っていた。

揃って黙々と砂糖をかき混ぜているところへ、警官が二人、入ってきた。

四十過ぎくらいの婦人警官と若い男の警官だった。二人とも唇が紫色に変わっていて、ガタガタと小刻みに震えている。管轄区域内の夜間から早朝の見回りを終えて、体の芯まで冷えきってしまったのだろう。

職業柄か、二人は押し黙ったまま、にこりともしない。ペップッチョは警官二人を一瞥してから、注文を受ける前にさっさと勝手にコーヒーを入れ、カウンターに着いた二人の前にコーヒーカップを置いた。

男のほうの警官は、まだ二十代前半くらいだろうか。制服は見るからに新品で、たまたまこうしてこの服の中に納まっております、というような様子である。砂糖の入った小袋を開けようとするものの、その手は大げさに震えていてうまくいかない。ペップッチョが黙って、震えでがちゃがちゃと音を立てている警官のカップをそっと押さえてやる。警官はやっとのことで砂糖を入れ、コーヒーを飲み干してから、ふうっと声に出して大きく一息ついた。

隣にいる中年の婦人警官はこの連れに声をかけるでもなく、入れたての熱いコーヒーが入ったカップを両手で包み込むようにしたまま、あらぬほうを見てぼんやりしている。

「で？」

ペップッチョがぼそりと尋ねた。

しばらくしてから、

「男、だったわ」

ぼうっとした様子のまま婦人警官はそれだけ言うと、再び黙り込んだ。

それを聞いて、店から出ようとしていた人はその場で立ち止まり、カウンターにいた客たちもぴくりとして、私たち早朝組は全神経を耳に集めて、婦人警官が次に何か言うのを待った。

二人はこの日、早番だった。ベテランと新人。婦人警官と男性警官。たいていこういう組み合わせになって、担当地区を巡回することになっている。

パトカーで通常の巡回を始めたばかりの二人に、本署から無線で緊急指令が入った。

「巡回は中断。ただちに市の外れを流れる運河の岸辺へ直行せよ」

ミラノ市内南部を流れ郊外へ、そして河川へとつながっているこの運河沿いの一帯は、緑も多く風情がある。市内の喧噪から離れ、のんびり散策したり自転車で走るのにちょうどよく、家族連れにも人気のある憩いの場所である。

しかしいったん日が暮れて、しかも真冬の夜中ともなると、あたりの気配はがらりと変わる。運河の片側には閉鎖された町工場や倉庫の跡地が未整備のまま黒々と広がり、もう片側には運河と並行して走る二車線の市道と多数の公団住宅が続く。繁華街からは遠く、市電や地下鉄の駅もない。明かりが点いているのは、当直の薬局くらいである。すっかり人通りは絶えて、昼間ののどけさからはほど遠い、物寂しい一帯へと変貌する。

その冬の夜の運河で、いったい何が起こったのか。

「暗い運河の中から、にょきっと二本、赤いハイヒールを履いたままの足が上に突き出ていてね……」

こういう感じで、と婦人警官はV字に指を立てて見せながら、話を続ける。

「明らかに死体よね」

皆、息をのむ。店から出て行く客は、もう一人もいない。

それで？

駆けつけたもののこの事態に二人だけでは、どうにも対処のしようがない。さっそく本署に状況を報告し、殺人課の応援部隊が到着するのを待つことになった。暗闇の中にぼうっと浮き上がる、白い足。赤い靴。

震える新米。

「先輩、寒いです、ね」

「そう？　下腹にしっかり力を入れたら、そんなことないわよ」

きりっとV字を睨みながら、婦人警官は低い声で応える。水際で凍えそうな寒さの中、しかも物騒な光景を前に長時間、見張りに立つのは並たいていのことではない。

十五分ほど、待っただろうか。本署から数名が到着した。そのうちの中堅刑事の一人は、青白い顔でベテラン婦人警官の背後に隠れるように、寒さと驚愕で震えながら立っている新米警官を見つけると、

「おい、そこのお前。ちょっと来い。いい機会だ。潜水隊といっしょに潜って、性別確認作業の見学をして来い」

は？　じ、自分のことでありましょうか？

さらに凍てつく、若い警官。
冷え込みは厳しい。運河の水は、どれだけ冷たいことだろう。しか
も、水は怪しく濁って黒光りしている。
しかし厭《いや》と言えるような空気ではなかった。若い警官は、ガクガク
と笑う膝を騙しながら制服を脱ぎ、ベテランたちが見守る中、渡され
た潜水服に着替えた。いざ入水。
水際で、若い警官は再びおずおずと、
「あの、赤いハイヒールですから、ホトケさんが女性なのは明らか
ではありませんのでしょうか……」
表情を変えずに本署の刑事は、片手を大きく振り上げてから自分の
股間にがっと勢い良く振り下ろし、ぎゅうっと己の一物を掴んで見せ

て、

「わかったか。確認してこい」

行け、と顎をしゃくって、出動を命じたのだった。

ドボン。

ひゃあ、あぁ。

しばらくして運河に響く若い警官の叫び声を聞き、本署の刑事は〈やはり〉という顔をして、婦人警官を見た。死体は、男だったのである。

日が昇る前に一通りの現場検証と遺体の引き上げを終えて、新米とベテラン婦人警官のコンビは、所轄の署に戻る途中にペップッチョの店に寄ったというわけである。

「どうも、お疲れさん」

ペップッチョは低くつぶやくように言い、二杯目のコーヒーをカウンターに置いた。ちらりと若い警官を見て、そのコーヒーにグラッパをたっぷりと注ぎ足してから、ほれ、と差し出した。

カッフェ・コルレットである。コーヒーの酒割り、とでも訳せばいいか。アルコール度四十パーセント以上はあろうかという蒸留酒をエスプレッソコーヒーに加えて、喉奥に放り込むようにして一息に空ける。喉元を苦いコーヒーと燃える酒が通過し、五臓六腑にカッと火が点く。グラッパを入れる人あり、ウォッカ派あり。いや、やはり薬草酒でないと。何の酒で割るかは十人十色だが、アルコール度が高くなければ意味がない。強ければ強いほどよい。

グラッパのせいか朝日のせいか、ようやく警官の唇にうっすらと血の気が戻ってきたようだった。

ピンク色の唇を合図にするかのように、それまで黙って耳をそばだてていた早朝の常連たちも一様に、さて、と誰に言うともなく呟いて、店からそそくさと出ていった。

私は何となく店を出ていくタイミングを逸してしまい、そのままカウンターに警官二人と並んで黙って立っていた。店内には、私たちの他にはもう誰もいない。

あの、ミラノの町中に無法地帯がある、と聞いたことがあるのですけれど。

私は黙っているのが気詰まりになって、前から誰かに確かめてみたかったことを思い切って尋ねてみた。

犯罪組織が拠点とする一帯が町のど真ん中に存在し、〈黒いミラノ〉と呼ばれているらしい。そこはいわば悪の樹海で、いったん犯罪者が逃げ込んだら最後、警察でも簡単には探し出せないという。ミラノは狭い。いったいどの辺りにあるのだろう。事情を聞くのに、これほどふさわしい相手はいない、と思ったのである。

一件落着でようやく一息ついていたところに、見知らぬ東洋人に話しかけられて、中年婦人警官はやや戸惑った様子だったが、隣の同僚と顔を見合わせてから、

「ええ、ありますよ、ここからもけっこう近いところです。ついこのあいだまで、私たちはちょうどその地区の担当でしてね」

そこでよほど私は、〈しめた〉という顔つきをしたらしい。婦人警官は話をやめて私の顔をまじまじと見てから、

「でも、あなたが興味半分で見に行くようなところでもなければ、知って得するような界隈でもありませんよ」

丁寧だったが、こちらの浮ついた様子にぴしりと釘を刺すように、厳しい口調になって付け加えた。

ミラノには、イタリアが凝縮している。

もはや生粋のミラノっ子よりも、地方からの転入者のほうが多いのではないか。そして転入者の大半は、南部の出身である。郷里には就職先が少ないからである。そういう地方出身者を対象に、各地の産物

を専門に売る店もあって、まるで常設の全国物産展を見るようだ。他の都市と比べてミラノでより斬新な事象が起きるのは、こうして他所《よそ》から流入してきた異なる個性が混在して、互いに影響し合うからだろう。

しかし人が集まれば、また同時に犯罪組織も寄ってくる。ミラノの闇の部分であるその怪しげな地区を、人づてに聞いてあれこれ空想するだけではなく、自分で実際に歩いてみたくなった。売れる記事になるかもしれない。

取材が目的であり、華やかなミラノだけではなく陰のミラノも調べてみたいので、と繰り返し事情を説明すると、婦人警官は、物好きねえ、と呟いてから、

「ここで立ち話するにはやや込み入っているし、今朝はいろいろあって余裕もないから」

と言い、署の直通電話番号を紙に書いて渡してくれた。そんな、よろしいのでしょうか？　それでは遠慮なく、近々ご連絡します。

礼を言いながら目の端で隣を見ると、やりとりを黙って聞いていた新米警官が、あからさまに〈面倒くさい〉という顔をしていた。

カウンターの向こうではペップッチョが、汚れたカップを次々と洗っては、小皿を片付け、流し台を拭き、台ふきんを絞り、とくるくる働き、こちらには知らんぷりである。一言の合いの手を入れるわけでもない。

長居した。コーヒーを飲み終えて、やっと店を出るというときになって、やにわにペップッチョは振り返り、私たち三人を順々に見据えるようにして挨拶したあと、その目線を私に合わせてから、〈僕が今ここで全部、聞いていたからね。気をつけなさいよ〉と諭《さと》すように頷いてみせたのだった。

「まったくねえ。ミラノの右も左もわかっていないくせに、いくら警官とはいえ、バールで初対面の相手と約束するなんて。どうかしてるんじゃないの。背伸びしすぎてひっくり返るなよ、と警告したつもりだったんだよ」

その朝から数ヶ月経ちペップッチョともかなり打ち解けた頃、からかい半分にそう言われて赤面した。

あの朝、闇の中の死体発見の話に度肝を抜かれてしまい、気付けにと飲み干したカッフェ・コルレットで、私は酩酊していたに違いない。無知は傲慢と隣り合わせで、無防備のまま危険へも突進していくような、意味のない勇気を生むらしかった。

私はバールで電話番号をもらった翌日には連絡を取り、早々に警官二人を食事に誘っていた。しかも、自宅に。話の内容が内容だけに、自宅以外に落ち着いて話が聞ける場所を思いつかなかったからである。それに、家に招待してされて初めて本物、というところがイタリアでの人付き合いにはあるので、真摯にご招待しますから本気になって話してくださいね、という表明でもあった。

夜八時を少し回った頃、警官二人はやってきた。手土産には、ナポリ内陸のワイン、ファランギーナと一口菓子の詰め合わせを持ってきてくれる。菓子の包み紙には〈シチリアの銘菓〉と印刷してある。二人はどうやら南イタリアの出であるらしい。

制帽を取った婦人警官パオラは、思いがけず背中に届くほど長い金髪の持ち主だった。やや古めかしいデザインながら、小豆色のスカートに同系色のとっくりセーター姿はいかにも気さくで、私は安堵した。

「こんばんは。東洋の方のお宅にお邪魔するのは、僕、初めてで」

私も警官をお招きするのは、初めてで。

はっはっは。ふふふ。

実家のそばの農業共同組合から送ってもらっている、というそのワインを青年警官カルロに早速、開けてもらう。客とはいえ、栓抜きは男性の役割なので。男性がワインの栓を抜いて夕餉の始まり、という儀式めいたところがある。式典のテープカットのようなもので、男性に花を持たせましょう、という女性側の気配りでもある。

抜いたコルク栓の香りを訳知り顔で嗅いだりしなかったので、私はカルロ警官に好感を持った。こうして、ごく普通な空気のなか、非日常的な客人を迎えての夕食が始まった。

卓上に並ぶチーズやハム、パスタを見て、二人は明らかにほっとしている。パオラが笑いながら、

「正直、生の魚が出てきたらどうしよう、と心配で」

と言うと、僕も、と隣でカルロも頷いて、ふと思い出したように、「シチリアの同僚から聞いたのですけどね」と話してくれたのは、世にも恐ろしいマフィアの食卓の様子だった。

マフィア関連の事件担当の検事が、ある日、捜査していた組織のボスから食事の招待を受ける。一対一。二人だけの食事。食べて、飲んで、話して、沈黙。で、そろそろ手を打とうではないか。

そういう卓上には、どういう料理が並ぶのか。

「真夏でもないのに、次々と、冷たい肉料理だったそうです」

暗黒ミラノの話に入る前の前菜としては、なかなかにおいしいエピソードではないか。

さて、と。

深呼吸して気を鎮めてから、問題の広場を目指して歩く。犬を連れている。警官カルロから借りてきたのである。

「今は犬猫専門になっているから」と警官カルロが教えてくれた。しばらく前までは人間も診ていたという保健所が、目指す広場にある。

あの晩、拙宅での食事のあと二人の警官はああだこうだと相談しながら、暗黒のミラノ探索のための道程を考えてくれた。出発地点が、その保健所というわけである。

「あの一帯を日本人が一人で歩いていたら、実に不自然。目立つとろくなことはないから、何か散歩の理由をつけなくてはね」

婦人警官パオラはしばらく考え込んで、ならば犬の予防接種のために保健所へ行くという設定がいいかも、ということになったのだった。しかし、暗黒のミラノである。入ったが最後、無事に再びこちら側の世界には戻って来られないのではないだろうか。やはり怖い。後悔しても、もう遅い。借りてきた犬に後見を頼む気持ちで、リードをしっかり握り直す。

それにしても賑やかな運河地区から徒歩でわずか十五分程度の距離だというのに、いったいこれはどうしたことなのだろう。
昼下がりだが、あたりに人影はない。同じ広場でも、ブティックや飲食店が並ぶミラノ中核のドゥオーモ広場とはたいした違いである。車も通らない。犬猫すらいない。歩く私の足音と御供の犬の鼻息だけが、無人の空間に響くばかり。まるで非常事態が起きて、住民がこぞって避難してしまったかのようだ。

広場の背後には、古びた高層の公団住宅が林立している。うら寂しい灰色の棟が連なり、その外壁の塗料ははげ落ちたまま長らく手入れされていない。漏水なのだろうか、壁面のあちこちにどす黒い帯状のシミが見える。

何年も雨ざらしなのだろう。ベランダに置かれたスチール製の物置はすっかり錆びて、だらしなく開いたままの扉が風を受けて時折きしんだ音をたてている。洗濯機が置いてあるベランダもある。屋外に置いてあるのに、カバーを掛けるでもなし。

〈どうでもいい〉。拗《す》ねたような、諦めたような、その住人像を想像する。

イタリアの建物の一階部分には、たいてい商店や事務所やバールが入っている。広場に面する建物ともなると、一級の商業価値のある不動産物件だ。

ところがこの広場の周りの建物の一階は、すべてシャッターが下りたままになっている。昨日今日の休業と事情が違うのは、明らかだ。閉ざされた店の前に、いつからそこに放置されたままなのかわからないような、すっかり風化したゴミが山積になっているからである。

不気味なほど静かな広場を、できるだけ早足で横切る。

そのとき突然、借りてきた犬が尋常でない勢いで吠え始めた。

ゴミが、むくり。

同時に生温い微風が流れるように、ねっとりとまといつくような悪臭が、私と犬を包み込んだ。

放置されたゴミと見えた屑山は、実は人だった。

ゴミ人間は上半身を起して、どうもこちらのほうを見ているらしい。人種はもちろんのこと、男なのか女なのか、年齢も体格も、まったくわからない。それどころか、いったいどこまでが屑でどこからその人の体なのかすら、判別できない。

犬は怯えた目つきで私を見上げてからやや後ずさりし、再び吠え始める。

「あの、小銭、くれないか？」

ゆっくりそう言った。ゴミは、イタリア男だった。

不意をつかれて激臭に鼻柱を直撃され、判断力が麻痺していたのかもしれない。そんな危なげな物乞いは無視するべきところを、なぜかそのとき私は、ゴミの男に小銭を渡す気になったのである。誰もいないこの広場で、襲撃されたらどうする、と不安になったこともある。通行税のようなものである、あるいはお賽銭の一種だと思えばいい。それで済むなら、安いものではないか。

いくらゴミのようだとはいえ、一応、人間なので、あまり無礼のないように男のほうに向かって小銭をいくつか転がすようにして置いた。

ちゃりん。

むくり。

私は息を止めて、吠え続ける犬を力ずくで引っ張り、保健所のある番地へ向かって急いで歩く。走る。助けて。

「本当に行ってみたいのですか、ミラノの暗黒街へ?」

あの晩、拙宅で菜の花をニンニクとオイルで炒めて和えたパスタを食べ終えた頃、警官カルロは理解に苦しむな、という顔で私に繰り返し尋ねた。

「でも、けっこう楽しかったわよ」

パオラはからりと笑い、グラスに残っていた赤ワインを飲み干してから、

「ある朝、暗黒地区の巡回をしていたら、後ろから来ていたはずのカルロがいない。あら? と振り返ってみたら、路上で伸びてるじゃ

ない」

あの一件ね、とカルロはバツの悪そうな顔で苦笑いした。

『巡回の際には、路上駐車してある車の下や排気管の中を徹底的に調べよ』と指令される。この地区の住人の大半は、麻薬と売春で生きている。警察の巡回の合間を狙って、あらかじめ打ち合わせしておいた場所に麻薬を素早く隠す。間髪を入れずに取引相手が到着する。取る。立ち去る。車で移動すると目立つし、足が付きやすい。こうして麻薬は、手渡しで売買されるのがふつうだ。

その朝もカルロは車の下、パオラは周囲の人の気配、とそれぞれ役割分担して巡回していたところだった。カルロが車の下を覗き込もうとしたそのときに、頭上から立派な植木鉢が落ちてきて、警官に命中。

カルロが気を失って路上に伸びているうちに、その車のどこかに隠してあった〈商品〉は納品されたらしかった。

「私が駆けつけたときには、もう誰もいなかった。どこに逃げたのかもわからない。アパートの上階を見上げても、開いている窓もなかったし」

この一帯は公団であるにもかかわらず、いつからそこに誰が暮らしているのか、正確な居住者状況は、公安にも市の住民課にも把握できていない。もともと低所得者層を援助するために建てられたのだが、現状では入居時の住民登記とは異なる、素性の知れない輩がアパートを不法占拠しているケースが大半だという。

「いったんここに逃げ込まれると、お手上げよ。似たような身の上の住民どうし、見ても見ないふり。知っていても言わない。中にはごく少数ながらまっとうな住民もいるのだけれど、その大半が一人暮らしの高齢者で、報復を恐れて余計なことは口が裂けても言わないの」

地区担当の警官たちは居住者記録を頼りに、孤独な老人たちを訪問する。年寄りを励ましながら実は、近隣の住人情報を探り出そうというのが真の目的である。

地区内には、もちろん学校もある。小学生の道路横断指導も、担当警官の大切な任務の一つである。

「横断歩道の真ん中に立って、旗を持って歩行者を誘導する。道を渡る子供たちが歩きながらいっせいに、『やーい、うんちペンギン！』と言いながら、ペエッ。唾を吐くんですよ、僕に向かって」

あの寒い朝、バールで会ったときのカルロの黒っぽい制服姿を思い出す。なるほど、ペンギンね。うんち、ね。

地区内の、まともな大人の住人は少数である。ここの子供たちの親兄弟、親族、友人知人の誰かは、必ず警察の世話になっている。前科者、服役中もいれば、指名手配中もいる。横断指導とはいえ、相手は家族の憎き敵、警察である。

地方からミラノに働きに出てきて、市内のあまりの物価高に驚いているところへ、破格に廉価の賃貸住宅が見つかる。これなら借りられる。飛びつく。しかし住んでみて、びっくり。安いはずである。ご近所は皆、人生を投げたような人ばかりだからである。幼い子も若者も、その眼差しは憎悪と失望に満ちている。

環境悪いことこの上ない地区だ、と驚いてすぐに出ていく人たちもあれば、多少のことには目をつむってここで暮らさざるを得ない人もいる。

それでもせめて子供だけは、と他地区の学校へ越境通学させる親が多い。

さらにこの地区には、脛《すね》に傷を持つイタリア人のみならず、不法入国してくるアラブ系、スラブ系、アフリカ系、南米系、フィリピン系も多い。地区内には、多様な民族の子供たちが過半数を占める公立学校も増えている。イタリアの厳しい格差社会で、底なし沼のような社会の最下層を生み出す学校でもある。いったん底へ落ちたら、再び這い上がるのは難しい。アリジゴクの穴のようなところなのである。

「小中学生だからといって、けっして侮れません。この地区を通る市電の最後部車両はベビーギャングの縄張りで、別名〈カツアゲ車両〉と呼ばれています」

だから絶対に後ろには乗らないように、夜は乗らないように、とカルロは何度も注意した。

さて、保健所である。

広場のゴミ男から逃げて、息を切らしてようやく保健所までたどり着いたものの、入り口のガラス戸は閉まっている。ガラス越しに見える受付には、誰もいない。入り口脇にある、〈保健所／動物専用〉と書かれたブザーを押してみる。〈動物専用〉の他にも以前はいくつかブザーがあったようだが、バーナーのようなもので焼かれたらしく、溶けて原形をとどめていない。

しばらくしてようやく、「はい」と女性の声がインターフォンから聞こえて、入り口の自動錠が開いた。

犬の予防接種に来た旨を告げた相手は、場所に似合わずなかなかの美人獣医だった。

「すみませんね、犬猫以外にもいろいろな〈患者〉が入ってくるので、玄関は厳重に閉めてあるのです」

医師はてきぱきと診察し注射を施し、接種証明をまとめながら、そう言って玄関口の不備を詫びた。

「針付き注射なら何だって使う、というヤク中がいっとき広場に大勢集まってしまって」

　さきほどのゴミ男を思い出す。

　ここで以前は人間も診ていた、と聞きましたが。

「かつて新米医師は、研修期間中にまずこの地区の救急センターに送り込まれたものです。登竜門、ですよ。肝試しというか、腕試しというか。ここに運ばれてくる急患ときたら、獰猛な犬や野獣も縮み上がるほどの、すさまじいカテゴリーですから」

　何度捕まっても、何度出所しても、外界には更生の機会などほとんどない。戻る家庭もない。仕事もない。すべては振り出しに戻る。這い上がれないアリジゴクの穴、知らないミラノがそこにはあった。

　医師に挨拶して、再び保健所前の広場へ出た。広場はゴミを抱えたまま、相変わらず静まり返っている。

犬を連れて、人通りのない公団集合住宅街を再び歩く。

保健所を出て、広場を突っ切り、そのまましばらく行くと大通りから一筋へ入ったところに、煙草屋を兼ねたそのバールはあった。

「地区の情報の交差点のような場所だから」

パオラとカルロから、寄ってみるように奨められた店である。

一見、どこにでもあるような店構えだった。

店の脇に、コインを入れて取っ手を捻ると中からプラスチックのカプセルに入った景品が出てくる、〈ガチャガチャ〉が何台か置いてある。周辺の建物同様、風雨にさらされて薄汚く変色し、中に景品のカプセルは一つも入っていない。

安っぽいプラスチックの椅子が二脚、脇に丸いテーブルが一卓、歩道に出ている。白抜きの字でTabaccoの〈T〉と入った看板のかかる入り口の壁には、いろいろな種類のアイスキャンデーの値段が写真入りで、ポスターのように張ってある。宝くじの公認販売所でもあるらしい。〈ここで一千万リラの当たりくじが出ました!!〉と、太字のマジックで書きなぐった紙が貼ってある。バーカウンターの左端に、引き戸のついたガラスケースが置いてある。いつから掃除していないのだろう。ケースは、埃と手垢でうっすらと曇っている。ふつうは朝食用の焼きたてのクロワッサンや菓子が入っているものだが、薄汚れたそのケースには、大振りの丸いビスケットが一枚入っているだけである。真ん中に毒々しいオレンジ色のジャムが、糊のようにべっとりとのっている。いったい、いつからそこにあるのだろう。

犬と店に入ったとたん、先客たちが揃ってこちらを見た。じろり。

私は一瞬ひるんだものの、カウンターに近づいてコーヒーを頼む。なんだ通りすがりの客か。そういう顔になって、先客の男たちは自分たちの雑談へ戻る。

「……開始ぎりぎりまでは、市内で一千だ」

「一時間前を割ったら、多少の割引もやむを得ないだろ……」

俺は絶対に割り引かない、いや俺はどんなことをしても捌《さば》く、と低く口々に言い合っている。

ダフ屋だった。

売り物は、今晩のサッカーダービー戦、ミラン対インテルのチケットらしい。

「で、どう、買うの？」

いきなり後ろから濁声《だみごえ》で聞かれて、私はコーヒーカップを落としそうになった。

「安いよ、たった一千だから。特等席だし。二枚なら一千八百にまけとくけど、どう？」

まつわりつくようなナポリの強い訛で、男はたたみかけるように持ちかけてくる。男の訛は度が過ぎていて、南部の出をあえて強調するためなのかもしれない、と身構える。北部でナポリやシチリアの南部訛を耳にすると、田舎っぽい暢気《のんき》さと気さくな印象を受ける一方、その妙に親しげな様子の向こう側から、こちらの隙を狙ってにじり寄ってくるような、独特な調子があることに気づく。馴れ馴れしい調子に気を許すうちに、気が付くとすでに相手の思うつぼ、ということが多い。

恐る恐る振り返って、その男を見る。

つくづく悪い奴、という感じである。目はたしかにこちらを向いてはいるものの、白けきっている。世の中を斜に見るような、擦れた目つき。口元には薄く愛想笑いを浮かべてはいるが、俺の時間を無駄にするなよ、と有無を言わさぬ押しがあって、下手な雑談など交わすような余地はない。

身なりは、わざといくつか要所を外して小洒落ている。つまり、ブランドだが、履き古しふうのジーンズ。高級靴だが、スニーカー。ジャケットはなし。濃い紫色の太い縦縞の綿シャツを三つ目のボタンまで外し、盛大に開いた胸元からは金の太いチェーンネックレスと極彩色の入れ墨が見え、コロンの強い香りがする。手首には揃いの金のブレスレットに、分厚く文字盤の大きな潜水用の時計をしている。男がカウンターに何気なく置いた自動車のキーは、アウディの革製キーホルダーに付いていた。

俺は男だ、俺は南部だ、俺はワルだ、俺は金持ち、俺は、おれ、オレ……。

全身から匂い立つようなチンピラぶりが暑苦しい、息苦しい。

せっかくですが、今晩はテレビで観戦しようかと思っていたところです。

「あっそ」

ナポリふうダフ屋は、売れないとわかると即座にカウンターから身を離し、じゃあな、と仲間のほうに顎をしゃくって、店から出て行った。試合開始まで、商売に残された時間はわずかである。バールで、茶など挽いている場合ではない。

残りのダフ屋仲間も、それぞれ仕事にかかるようだった。

皆が出て行った後、店に残ったのは、私と犬とカウンターの向こうの店の男だけとなった。

「今日は何のご用で？」

店主は、私の目を覗き込むようにそう尋ねた。まさか偶然にここまで来たわけじゃないのだろう、と聞いているのだった。

この近所に引っ越してきた知人の手伝いで訪ねてきたもののまだ荷物の山で、エスプレッソマシーンすらなくて、としどろもどろに説明すると、

「よければ、これ、使ってください」

店のコーヒーカップを二椀、私の前に置いた。

まだ三十代だろう。童顔だが、長身でがっしり堂々としている。ラグビー選手のような体軀だ。明るい栗色の髪は短く刈り上げて、白い綿シャツの袖を折り上げて、ジーンズ。諸悪の交差点、とされるバールの店主にしては、あまりに普通で清涼感溢れる青年である。

カップを受け取りながら、何を尋ねようか考える。

警官カルロによれば、この店では情報のみならず、さまざまな闇取引が行われるという。ダフ屋の密談など、商売のうちでは余興の類いだろう。

一帯には、さまざまな南部のワルたちがいる。犯罪組織はおおまかに、シチリアのマフィア、ナポリのカモッラ、カラブリアのンドランゲタに分かれている。それぞれが各様に悪く、悪の生業にも棲み分けがある。

この地区は、南部の出身者に人気があるそうですね。ところで、店長のご出身はどちらで？

「カラブリア、ですよ」

私が一瞬息をのむのを確認するように、やや間を置いてから、

「もし何か困ったことがあったら、頼りになる友人をご紹介しますよ」

ゆっくり言った店主の目は、さきほどのアウディの男と同じだった。視線はこちらだが焦点は空に泳ぎ、その奥は白々と冷えきっている。

受け取らないわけにはいかないだろう。

カップ二個をしっかり抱えて礼を述べ、店を出る。早足。小走り。全力疾走。ここへ来てみたいなど、なぜ思ったのだ。次から軽はずみは控えなければ。早く帰ろう。犬よ、走れ。

気ばかり急《せ》いて、しかし足はもつれ、なかなか先へは進まなかった。

しばらく家で使っていたそのカップは、そのうち一個割れ、もう一個も欠けて、わが家から姿を消した。

カップがなくなってようやく、私はあのバールの店主とダフ屋のにらみから解放され、落ち着いてコーヒーを飲める気分になった。それでもしばらくの間エスプレッソを飲むたびに、あの日見たミラノの閉ざされた世界の寒々しい様子が目の前に現れて、胃が縮むのだった。

リグリアで北斎に会う

インペリアという港町に来ている。

さしたる取り柄もない北イタリアの地方小都市で、そのまま海岸沿いを西へ進むとやがて国境、という位置にある。国境の向こう側には、モナコ公国とフランスが続く。つまりコートダジュールの延長にあるわけだが、同じ海岸沿いにあってフランス側はあれだけ華やかなのに、こちらイタリア側はといえば、栄えるでもなし滅びるでもなし。鄙《ひな》びた田舎の港町のまま、そこにある。

防波堤の突端に立って、ピーノが煙草を吸い終わるのを待っている。十一月も半ば。今朝ミラノを出たときは吐く息が白くなるほどの冷え込みだったというのに、二百キロ強南西に移動したここは日向《ひなた》では汗ばむほどの陽気で、その気になればまだ海でひと泳ぎもできそうだ。海からの照り返しが眩しくて、サングラスなしではとても目を開けていられない。浜辺には、広げたビーチタオルの上に水着や半袖姿で寝転んだり、持参の釣り用の椅子に座ったりしている人たちが見える。観光客ではなく、どうも地元の人たちが昼の休憩を利用して、好きに浜辺で過ごしているらしかった。他所者《よそもの》にしては、浜の使いぶりがあまりに手慣れている。雲のない空は、海と沖合でつながっている。海辺だが風は潮を含まず、からりと吹き抜けていく。

「インペリアに、『自分はホクサイの生まれ変わり』と吹聴している老人がいるらしいよ」

数日前、カメラマンのピーノから電話があった。

インペリア、か。イタリアの西の果てにあったような。記憶に残らない、どうでもいい町。場末の港にイタリア版北斎など、いかにも胡散臭くあか抜けない話に聞こえる。それでもピーノから、

「ネタの正体を確かめがてら、ついでに海辺でおいしいものでも食べに行こう」

そう熱心に誘われて、食指が動いた。二つ返事で話はまとまり、こ

うして今、海に来ている。

仕事柄、イタリア内外の付き合いのある記者やカメラマン、事情通から、さまざまな分野の情報が頻繁に舞い込んでくる。数年前にミラノの新聞社から、ピーノもそうした情報通の一人として紹介された。ファッション専門のカメラマンである。

「感度抜群のアンテナで、不思議な情報や伝手《つて》を持っているから」

との編集局長のお墨付きだった。

ピーノは、専門誌〈ヴォーグ〉の表紙を担当するほどの腕前である。建前ばかりの派手なファッション業界とは肌が合わない、と言って、仕事が終わると、政治部の記者たちや前衛芸術家などのたむろする飲み屋に出入りしている。無骨で気難しい同僚たちとのほうが気楽らしい。

撮影現場でのピーノは、天然パーマで鳥の巣のようにこんがらがった髪を振り乱し、一人で機材や照明を手早く準備したかと思うと即刻、被写体に向かってかけ声を発しながら、一瞬の好機を摑んで連写していくのだった。

できあがってきた写真の中の人物は、撮られた本人でさえ見たこともなかった表情をしている。ピーノには特別な触覚があって、その人の隠れた内面を取り出せるのだろうか。編集部も被写体も焼き上がった写真を前にして、舌を巻き、絶賛するのである。

今回のホクサイ情報は、地方の画廊や美術館に額縁を卸している、知り合いの問屋から仕入れてきたのだという。動物のようなピーノの嗅覚にかかってくる情報は突拍子もないが、どれも面白い記事になる素材が多かった。

「イタリア人が東洋のことなどよくわかっていないのをいいことに、〈ホクサイ〉を名乗って、自分の作品に箔付けを目論んでいるのかもな」

ピーノの一服が終わって、額縁問屋から入手した住所を頼りに、インペリアの町を歩き始める。

潮風と太陽の溢れる港から一筋入ると、そこは突然、薄暗い湿気た路地である。昔ながらの道なのだろう、車が一台通り抜けられるかどうかという蛇行する狭い道である。歩道もない。車に轢かれないように建物の壁に身を寄せながら、ピーノと前後に並んで歩く。

頭上には、建物の間に細長く切り取られて空が見える。青い帯が一反、ほどかれているようだ。足下に視線を戻して歩くうちに、路地を挟む建物が次第に私たちを挟み込んでくるような錯覚に陥る。車は切れ目なしにけっこうなスピードで、私たちの脇をぎりぎりにすり抜けていく。

「こりゃ、ガス室だな」

振り返って、ピーノは顔をしかめる。

両側の建物の石壁は、排気ガスのせいで薄黒く煤《すす》けている。崩れ落ちている壁もある。修理されるでもなし。路地の石畳は、何世紀も昔のものなのだろう。黒光りして古めかしく情緒はあるものの、あちこちではめ込まれた石が剝がれ、穴が開いたままになっている。日が射さない建物の上階のバルコニーの手すりは茶色に錆びつき、今にも腐れ落ちてきそうである。何ともうら寂しく貧相な裏道は、まさに〈どうでもいい町〉そのものの印象だった。

そして問題の工房は、古ぼけた床屋のすぐ隣にあった。

玄関にはごく簡単なアルミサッシのガラス扉があるだけで、しかも開けっ放しになっている。いかにイタリア版とはいえ、北斎を名乗るからにはそれなりの工房なのだろうと想像していた私は、その安っぽいアルミの扉を前にして少々肩すかしを食らった気分になった。

薄暗い中へ向かって、私は声をかけてみる。

あの、すみません、どなたかいらっしゃいますか。

えーっと、ホクサイ先生、おられますでしょうか。


おっ、おうと甲高く弾むような男性の声が奥からしたかと思うと、ガラス扉が大きく中へ向かって開いた。

「やあやあ、お待ちしておりましたよ、さあ奥へどうぞ」

その声の主の姿を見たとたん、背中のあたりがゾクリとした。

ああ北斎先生、祖国を離れてこんな遠くでお目にかかれるなんて。お互い、よくぞこの最果ての地までやってきたものですね。

そう声に出し手を握りしめて挨拶したいほどに、目の前に現れた老人は、かつて美術本などで目にしたことがある、あの北斎そのままだったからである。

驚きのあまり言葉を失って入り口で立ち尽くしていた私の腕をぐっと摑んで、ピーノは瘦身の老人の後に続いて中へ入っていった。

わずかに残った白髪は銀色に光り肩まで長く、生え際の上がった額をさらに強調するように無造作に後方へひっつめにしている。私たちを迎えて破顔一笑の老人だが、その眼光は鋭く、じっと見据えられると思わず身がすくむ。

工房は低い丸天井で、狭い間口のまま細長く奥へと続いていて、穴蔵のような作りになっている。

「中世は、漁師が舟や魚網を引き込んだ倉庫だったのですよ」

物珍しそうに見ていた私に、老人は説明する。

部屋の壁面には天井に届く棚が設《しつら》えてあり、そこには何種類もの紙や大小の木片、板、彫刻刀やさまざまな色のついた無数の刷毛《はけ》や筆、インク、色粉、ボロ布、豪華な展覧会のカタログに雑誌、新聞の切り抜きなどが、ところ狭しと積み置かれている。さらに、土産なのだろうか、海外の観光地の写真がプリントされた灰皿やスプーン、すっかり色が褪せた造花、古い鍵、セルロイドの人形、菓子の景品など、どう見てもがらくた同然のさまざまが、わずかに残った隙間に詰め込むようにして置いてある。

「リグストロ、といいます。雅号です。『リグリアのマエストロたれ』北斎さんが夢に出てきて、私にそう告げたので」

ピーノが、あからさまに〈嘘つけ〉という顔をして肩をすくめ、私をちらり見る。

リグストロはそんなことには少しも構わず、涼しげな眼差しになって「そうですね？」と小声で呟きながら、後方をそっと振り返った。

そこには、本物の北斎の自画像がかけてあった。そしてその額縁の前には、一輪の花と竹皮の上質なバレンが一つ供えてある。

「今はこうして彫っていますがね、私は昔、エンジニアだったのですよ」

老人は私たちに椅子を勧めてから、作業台でもあるのだろう、あちこちに色粉が染み付いたがっしりと立派な木の机の向こう側に座って、おもむろに話し始めた。

「工場機械の設計が専門でした。妻の実家の生業《なりわい》がオリーブ栽培でそこそこの作付け面積は持っていたものの、ここでのオリーブ専業農業は辛い作業のわりには実入りが少ない。妻の両親から、『技術屋なんだから、オリーブの実から油を抽出する機械を設計してくれないか』と頼まれましてね」

リグリア州は、南は地中海に面し北は山地に挟まれた、東西に細長い地形をしている。大規模農業ができるようなまとまった平地はなく、耕作できる場所といえば、海に迫り落ちてくるような山間部の斜面と、内陸へ続く山間《やまあい》にあるわずかな土地ぐらいである。

地中海沿岸で最も穏やかな気候に恵まれながら、農業を営むには少なすぎる降雨量と耕地不足のせいで、昔から一帯の農業からは自給自足が精一杯の出来高しか望めなかった。

「インペリアの山の斜面の日照時間は、リグリア州の中でもさらに長い。乾燥して温暖な気候はオリーブには適しているのですが、上るにも道がないようなところばかりでしょう。ロバを引いて山間の獣道を伝い歩き、斜面から転がり落ちないように幹に命綱を縛り付けては、オリーブの実を一つずつ摘む。暖かいので、どうかすると二度収穫できる年もある。完熟寸前を見極め、手早く取り入れなければならない。いったん実が落下してしまうと、もう駄目です。ついた傷から腐ったり酸化が進んで、おいしい油が取れなくなりますから。結果ここらの農家は、年がら年中、オリーブにしがみつくような毎日を送ることになるのでした」

インペリアへの道中、車窓から見た風景は、銀色に美しく葉が光るオリーブ一色だった。あたりに自然に群生したものなのだろうと思って見ていたが、こうして話を聞くとけっこう手のかかる果樹なのだと知る。

今朝ミラノからインペリアに着いたとたんにピーノは、
「仕事の前に、まず気付けの一杯」
とさっさと港のバールに直行し、地元の白ワインを注文した。そのときにつまみとして小皿に入れて出されたのは、塩漬けのオリーブの実だった。

よく冷えた辛口のワインを一口飲み、オリーブの実を爪楊枝に差して前歯でそっとかじる。小粒で薄い果肉が、種に頑なにしがみついている。狭く瘦せた土地から離れようとしない、リグリア人そのものではないか。

タッジャスカ種というこの地産オリーブから採れるオイルは、さらりと軽やかな食感で香りも高く押しつけがましくなく、野菜や魚介類を調理するのに相性がよい。斜面の栽培地では機械が導入できないため、収穫はすべて手摘みである。木一本ずつの手入れは我が子の世話同然で、効率は悪いが農家の万感のこもった収穫となる。

何代にも遡《さかのぼ》ってリグストロの妻の実家は、一帯の急斜面に分散してオリーブ栽培を手がけてきた。収穫した実は近所にある油の抽出所まで運ばれて、そこで量り売りされる。持ち込まれたオリーブの実はその場ですぐに洗浄され、古代ローマ時代からと言われる大きな石臼で実を潰し、濾過《ろか》して、油に加工される。油を抽出するにはそのような大掛かりな装置が必要なため、農家は個別に所有することなく共同で設備を利用して実を挽いては、自分の持ち込んだ実に見合う分量のオイルを持ち帰るのが普通だった。粉挽きのための水車小屋のようなものである。

妻の実家は、その油の抽出までの一連の作業を機械化できないか、とリグストロに頼んだのだった。

「なかなか性能の良い機械が出来上がりましてね。特許ものですよ。それを機に、作付け面積がけっこうあった妻の実家は、農業からオイル製造業へと転業を果たして、おかげで暮らし向きは大きく変わりました。ご近所でも機械を導入したがる農家がどんどん出始めて、まもなく私はオイル工場機械専門の会社を立ち上げて、リグリア以外のオリーブ産地へも営業のために飛び回るようになったのです」

そのときリグストロの話を遮らないように、誰かがそうっと忍び足で工房へ入ってくる気配がした。入り口のほうを振り返ってみて、私は再び大きく息をのんだ。

そこに、和服姿の老婦人が立っていたからである。あでやかににっこり、こんにちは。丁寧に黙礼する、日本の老婦人。

これはいったい……。

「やあ、キヨコ、よく来てくれたね。こちら、ミラノからのお客さんです」

イタリアのホクサイは、びっくりしている私にキヨコさんを紹介した。

キヨコさんの着物は華やかな色と柄で、薄暗くて湿気ている工房に一気に花が咲いたようである。七十は優に越えているだろうか。いくぶん派手目なその着物をうまく着こなし、小柄でそこそこにふくよかで品高く、こぼれんばかりの笑顔でたたずむその様子は、まるで無声映画の中から抜け出してきた女優のようだった。

あらゆる不測の事態に慣れているはずのピーノも、目の前の非イタリア的な状況がよく飲み込めていないようで、ぽかんとキヨコさんを見つめたままである。

「キヨコと申します。インペリアに来て、五十年近くになりますの。

リグストロとは、北斎先生のご縁でお目にかかりまして」

と、いうようなことを言ったのだと思う。というのは、老婦人の話したことばはイタリア語のようであってイタリア語ではなく、国籍不明の言語だったからだ。ピーノが〈おい、いま何て言ったんだ、訳せ〉と目で私をせっつく。

はじめまして。日本はどちらのご出身でしょうか。またなぜインペリアに？

私は試しに、キヨコさんにごく普通の日本語で尋ねてみた。

「あらまあ、なんて久しぶりなのでしょう！」

そう訳せばいいだろうか。単語だけはイタリア語に似たものが並び出たものの、しかし文章としては成り立っていない、不明な言語でキ

ヨコさんは答えてから、

「大変にうれしゅうございます」

と、そこだけ日本語で言って、深々と頭を下げたのである。

うれしゅうございます。

なんと美しくしとやかな日本語であることか。日本でももはや耳にしない日本語にインペリアで出会うなんて。

キヨコさんは単語はイタリア語らしきものを使うものの、それを組み立てて文にしていく礎《いしずえ》となっているのは日本語の文法らしい、と二三やりとりをしているうちに気がついた。

こちらがいくら日本語で話しかけても、キヨコさんからはイタリア語に似た不思議なことばがパラパラと小雨のような調子で戻ってくるばかりで、けっして日本語での会話にはならないのだった。半世紀も前に祖国を後にして母国語を話さない生活を送っていると、しかたのないことなのかもしれなかった。いまどきの人と違って、コンピューターなど利用することもないに違いないし、もしかしたら何かの事情で日本とは縁を切ってしまったのかもしれない。

それでもキヨコさんの話は俳句か詩の朗読を聞くようで、私には彼女の言わんとすることがとてもよくわかった。

ひと通り話が済んで、二人でにっこり黙って頷き合う。

イタリアのホクサイは、私たちの様子をこれまた嬉しそうに眺めながら、

「いやあ、やはり日本人どうしだとよくおわかりになれるようで、

よかった。キヨコは、すばらしい書道家であられる」

どうです、と見せてくれた半紙には、流れるような達筆で日本文字が書かれてあった。

「運命としか思えません」

リグストロの話は、さて、長そうである。

「オイル工場用の機械がうまくいって大いに儲けたものの、出張続きで家にはときどき戻るだけ。子供たち三人は知らないうちに大きくなって、気がつくと趣味もなければ、友達との付き合いどころか家庭での居場所すらない」

キヨコさんはときどき深く頷きながら、脇で静かに話を聞いている。

「六十歳も間近なある日、私は営業先から会社に戻ったとたん、玄関口で倒れました。心筋梗塞でした」

ここからが聞きどころですよ、というふうに、リグストロは深く息を吸って間を置いてみせる。講談のようである。キヨコさんは、すでにこの話を何度も繰り返し聞いているのだろう。止まらずさあ先へどうぞ、と微笑みながら目で続きを促している。

「医者は、『助からないだろう』と家族に告げたそうです。私は、何の苦痛も感じていませんでした。それどころか、〈ああ、やっと〉という大きな安堵感に満たされて、実に幸せな気分でした。危篤状態は、三日間続いたそうです」

もったいをつけるようにそこでまた話を止めて、一同をゆっくり見回す老人。

ピーノは、すでにじれ始めている。席を立って入り口まで行き、半身だけ外に出して煙草を吸い始めた。

生死の境を経てこの世に戻ってきたところ〈ホクサイ〉になってい た、という筋らしい。いかにも出来過ぎた話ではないか。

「それでね、ワタクシが呼ばれましたのよ」

こちらの気がそれたのを見透かしたように、それまで黙って聞いていたキヨコさんが、手にしていたふろしき包みをおもむろにほどいて、中から筒状に巻いた和紙を取り出した。

宝物でも紐解くようにキヨコさんがそうっと広げたその和紙には、墨汁で無数の小鳥が描かれてあった。その絵が上手なのか下手なのか私にはわからず、反応に困っておそるおそるピーノを見る。ピーノは美術専門学校の出身で、彫刻史を専攻した博識である。しかし、ピーノはあさっての方向を向いている。

「どうです、なかなかにニッポンでしょう、これは」

こほんと軽く喉を鳴らしてから、厳かな様子でリグストロは言う。

よく見ると、小鳥の群の下方に小さな文字で何か書かれている。

『われと来て遊べや親のない雀』

これは……。〈そうです、ワタクシ〉と、黙って頷きながらキヨコさんはにこにこしている。

「危篤状態を脱して意識が戻ったとたん、鼻やら腕やらあちこちに管をつけたまま、ついさっきまで死にかけだったというのに、信じがたい力がみなぎりましてね。やみくもに『描かねばならん』と思った。

検温に来た看護婦に身振り手振りでボールペンをねだり、枕元にあったティッシュペーパーも取ってもらって、寝たままでそこへ絵を描いたのです」

そういいながら、机の引き出しからファイルを取り出して、大切そうに見せてくれたその記念すべきティッシュにも、やはり鳥らしきものが描かれていた。

「仕事に明け暮れて、絵を描くなんてもちろんのこと、美術館にすら行ったことがないような無粋な男でしたから、自分でもなぜ急に絵を描きたくなったのか、わけがわかりません。色などいらない、モノクロの絵が描きたい。鉛筆ではなくて、墨に限る。鳥の次は、蛙です。その次は兎」

一茶の次は、『鳥獣戯画』ですか……。

「退院して、オイル製造機械の仕事からはきっぱり引退し、無我夢中で絵を描く毎日が始まりました。紙を前にすると、内側から描きたい欲望が突き上げてきて、手が勝手に動くのです。そのままに描いてみると、それまで私が見たこともないような異国の風景やら動物、草花がそこに出来上がっている。家内は気味悪がり、息子は精神科のカウンセリングを受けるよう勧めました」

「『父がおかしくなったみたい』と、その頃にリグストロのお嬢さんから相談を受けまして」

キヨコさんが話し始めた。龍宮城へ入って行くような気持になって、私は座り直す。

長い、それは長い話を聞き終えて、ピーノと私が工房を後にしたとき、外はもうすっかり暗くなっていた。

イタリア語でもない日本語でもないキヨコさんの話を聞きながら、気がついたら五時間が経過していた。その独特な散文調の語り口もあって、ただでさえ不可思議な内容にさらに輪がかかり、ピーノと私は魂を抜かれたようになってしまい、雑談を交わすための言葉も気力もない。

キヨコさんは、関東の由緒正しき一族の令嬢だったらしい。宮家にも出入りを許される家柄で、「葉山で、殿下と浜遊びしておりました」

という幼少時代を送る。特にそれをひけらかすでもなく、紛い話でもなさそうで、ただ自分はそういう境遇に生まれて育ちました、という事実を淡々と話すばかりである。キヨコさんにとっては、むしろその後、自ら選んだ人生の展開のほうが聞いてもらいたい、自慢したい話なのだった。

幼い頃から芸術全般に興味があって、あるとき美術書を見ていてイタリアのモザイクに出会う。「文化的雷が頭上に落ちまして、ほほほ」。両親を説得して、イタリアのラヴェンナという古都へ留学を決める。何人かの御供も従えての洋行だったらしい。当時、キヨコさんのような家庭環境では、それはとても特異で重大な意味を持ったのではなかったろうか。祖国とキヨコさんの縁はぷっつりと切れたままらしいが、それもこの渡航のときからだったのかもしれない。

ラヴェンナへ渡ることになってその後、日本の家族とはどうなったのか、どういういきさつを経てイタリアへ遊学できることになったのか、ラヴェンナのどういうところに暮らしていたのか、私はあれこれ懸命に尋ねてみたのだが、キヨコさんはただにこにこするばかりで、そのどれにも答えてはくれなかった。

イタリアに着いて、各地でモザイクを見て回る生活が始まった。七十を越える今でも、見とれるようなしとやかさに満ちた女性である。五十年前は、どれほどの華やかさだったろう。凡庸とは一線を画す、神々しい美しさだったのではないか。さきほど工房の入り口で静かに立っているキヨコさんを見たとき、逆光が後光のように見えたが、その身の上をきいて、なるほどと納得する。

さて、あるときキヨコさんはいつものように美術鑑賞の旅に出かけて、教会でモザイクに見とれていた。すると、背後から声をかける人がいる。

振り返ると、いかにも気難しそうな男性がいて、自分は音楽家だ、という。ピアノを演奏するからよかったら聴きに来ないか、と招待を受けた。

「ひどくご機嫌の悪そうな方でしてね、ご招待いただくというよりは命令された、という印象でした」

音楽も愛するキヨコさんはもちろん喜んで承諾し、御供を連れて演奏会に出かけていった。

渋面の音楽家は、アルトゥーロ・ベネデッティ・ミケランジェリ本人だった。キヨコさんは当時、彼が国内外に有名な天才ピアニストだということを知らなかった。しかし、有名だろうがなかろうが、世俗を超越しているキヨコさんにとってはどちらでもよいことだった。演奏を聞き終えて、キヨコさんは純粋に心打たれて座っていると、巨匠のほうから礼にやってきた。

「もしよかったらあなた、これからもときどき私の練習を聴きに来てもらえないだろうか」

気難しいことで有名でもあったピアニストは、キヨコさんにそう頼んだのである。「できれば、着物でいらしていただきたい」

それから数年にわたって、キヨコさんの不思議な芸術巡業の生活が始まった。モザイクを勉強するかたわら、巨匠に同行し各地を巡る。着物を着て、練習を聴く。そうすると巨匠は、「キヨコがいると、天使がピアノの上を飛ぶ」と言って喜ぶのである。笑わない芸術家が、キヨコさんの前では心からくつろぐ様子を見せた。

周囲は、この奇妙な二人についてあらん限りのうわさ話をしたが、「天使は、私にも見えましたのよ」と、キヨコさんにとっても至福の時代だった。

まもなくキヨコさんは、〈ベネデッティ・ミケランジェリの天使〉と呼ばれるようになり、サロンでは知る人ぞ知る有名人となった。

そしてある日、ジェノヴァの演奏会でこの天使を見たイタリア海軍の大尉は、「頭上に落雷を受けて」キヨコさんに求婚。キヨコさんの、モザイクとピアノ演奏会を巡る芸術の旅は、それで終了した。

大尉はインペリアの町の高台に新居を定めて、東洋の天使と暮らし始めた。キヨコさんは結局、その後一度もインペリアから出たことがない。

ご近所からせがまれてそのうち、キヨコさんは生け花や書道、折り紙などを自宅で教えるようになった。新居からの見晴らしはすばらしかったものの、中世の建築物のためエレベーターはなく、最上階の七階まで階段である。習い事にやってくる主婦たちは、「これじゃあ、塔の中に閉じ込められた姫のようね」とからかった。大尉は、天使が再びピアノの上に舞い戻って行ってしまうのを恐れたのかもしれない。

その生け花の生徒のなかに、北斎リグストロの娘がたまたまいた。花を生けながら、病後の父親の言動がおかしくなったことを心配している生徒の話を聞いて、キヨコさんは切に見舞いたいと思った。そして、二人は対面する。

その日も変わらず一心不乱に墨で絵を描いていたリグストロは、工房を訪れたキヨコさんを一目見るなり、

「ああ、よくぞいらしてくださいました」

と、抱きつかんばかりに喜んだ。そして挨拶もそこそこに、

「ひとつ、ここへお願いします」

そう言ってリグストロがいきなり筆を渡すと、キヨコさんもごく当

然のように筆を受け取り、

『われと来て遊べや親のない雀』

余白にすらすらとしたためたのだった。家族にも見せたことがない嬉しそうな顔をして、父親が子供のようにキヨコさんの前ではしゃいでいるのを見て、最初のうち娘は当惑したが、とりたててどうこう言うことでもなし。キヨコさんの周りには、天使が飛び回るようになっているらしい。

「それからというもの、私が絵を描いてはキヨコがそこへ俳句や短歌をしたためる、ということになりまして」

描きたい気持ちは強いが色にはまったく関心がなく、来る日も来る日も手が動くままに墨汁でばかり描いていた。なぜ白黒ばかりで描きたいのか、自分でもよくわからない。どうせなら、自分なりの作風を作ってみたい。そう漠然と思っていたところ、知人が「サンレモに中国ふうの絵を描く男がいるらしい」と知らせてくれた。

海辺で待ち合わせて会ってみると、その男はイタリア語がまったく通じない生粋の大陸中国人だった。なぜその男が、イタリア語もできないのにサンレモで絵を描いていたのか。そしてまったく接点のない二人が、なぜこのときサンレモで会うことになったのか。誰にも説明できない偶然が重なって、とにかく二人は浜で対面する運びとなったのである。あらかじめ示し合わせたかのようにそれぞれが筒を持参していて、そこから巻いた和紙を出して広げてみて、おおう、と二人は揃って声を上げた。

二枚とも墨絵だったから。そしてどちらの絵にも〈雀〉が描かれていたからである。

「私は、矢も盾もたまらない気持になって、素性もわからぬ中国人をそのままうちに連れて帰ることに決めたのです。宿と食事を提供する代わりに、絵の手ほどきを頼みました。ことばはわからないのに気持ちはすっかり通じて、私たちはここへ並んで座り、朝から晩まで夢中で描きました。

三ヶ月ほど経ったある日のこと、その中国人はおもむろに、『今日からは、私があなたのことを〈師匠〉と呼ばせていただきます』と言い、私に深々お辞儀をするではありませんか。教えることは終わった、というような意味だったのでしょうか。しばらくすると彼は荷物をまとめて、何も言わずに去っていってしまった」

リグストロは、次なる目標を探さなければ、と躍起になった。ある日ジェノヴァまで出かけていって市内の古書店をくまなく見て歩いているうち、いよいよ運命の出会いを体験する。

「歩き疲れて、ふと目に入った美術館らしき建物にふらりと立ち寄りました。それが、キオッソーネ美術館だったのです」

機械技師として無趣味で仕事一辺倒だったリグストロは長らく、美術はもちろん読書にも音楽にも興味がなかった。当然、世界的に有名な東洋美術のコレクター、エドアルド・キオッソーネがリグリアの出身で、ジェノヴァにその記念美術館があることも知らなかったのである。

美術館に一歩入って、リグストロの足は震えた。

目の前には、かつて目にしたこともない東洋の作品が多数展示してあった。その中の一枚が、自分を呼んでいるのがわかった。引き寄せられるようにして、リグストロはその絵の前へ立った。葛飾北斎、とあった。

「版画の前に立って、私は知らないうちに泣いておりました。『お久しぶりでした』と何もわからぬままに、頭を下げて挨拶しました。どのくらいそこに立っていたでしょう。その日どのようにして家まで帰ったのか、よく覚えていません」

インペリアに戻るや、興奮してキヨコさんに事の顚末を報告したと

ころ、

「きっとやり残したことがたくさんあって、北斎先生はあなたにそれを託したいのでしょう」

と返事をしたのである。

それからのリグストロは、浮世絵はもちろん版画の存在すら知らなかったのに、いきなり木版画の世界に没頭する。

墨絵のときと同じだった。何の知識も技術もないのに、勝手に手が動く。自分でも薄気味悪いものの、やれ彫刻刀だの、版木だの、和紙などが勝手にリグストロのところに吸い寄せられるようにして集まり始めて、版画の準備がどんどん整っていく。あとは、彫るだけとなった。

「あんな不思議な体験をしたことは、後にも先にもありません。木版画など見たことも聞いたこともなかったのに、どうすれば色を重ねることが出来るのか、その印刷方法までがはっきり頭に浮かんだのです。『おい、あとは修練あるのみだぞ』という声もする。誰かが自分の中にいる。そうか、北斎さんがやってきたのだな。なぜかそう、はっきりとわかったのです」

リグストロは家には食事と寝に戻るだけで、あとは日がな一日、工房に籠って彫り続けるようになる。

未知の風景が、次々と頭に浮かぶ。それまで見たことのない草花が、まばゆい色と形ではっきりと目の前に迫ってくる。霧のかかった深い渓谷。広い河川。異国の旅人たち。浮かぶ三日月。手鏡で化粧する東洋の女。水鉢に泳ぐ金魚。空を舞う蝶々。

幻影を追いかけるようにして彫っていると、リグストロは版画の中の世界に旅立っていくような錯覚を覚えるのだった。

「それはなんとも、すばらしい体験でした。北斎先生、今度はいったいどこへ連れていってくれるのだろう。毎朝ぞくぞくするような気持で目を覚まし、床につくまで目くるめく冒険の連続でした。もはや正気ではないことは、自分でもよくわかっていました」

一心不乱に彫り続けるリグストロを見て、「きっと悪魔に魂を奪われてしまったに違いない」と周囲は心配し、そのうち皆、怖がってだんだん寄り付かないようになっていった。それでもキヨコさんだけは毎日欠かさず工房を訪れて、刷り上がった絵をじっと見ては、静かに一句を書にして残していくのだった。

孤高のリグストロ。下絵を描いては、彫り。彫っては、刷り。やがて作品は、軽く千点を越えた。

その日も早朝から彫っていると、ジェノヴァの港湾警察から電話があった。

「先週ヨコハマから入港した貨物船に、引き取り人不明の荷物がありまして。内容物を調べたところ、原材料は植物性らしい粉が出てきたのですが、正確な成分や用途がよくわからず税関が対処に難儀しています」

オリーブオイルのメーカーとなってからというもの、海外との輸出入業務も増えていて、港湾の税関とは問い合わせや検査で往来が頻繁にあった。技術屋あがりの几帳面な性格と仕事熱心なリグストロは、地元では各方面から信頼が篤かった。

リグストロは税関からの電話を受けながら、心臓が喉から飛び出るのではないか、というくらいに興奮していた。

「『来たぞ、ついに』。私は受話器を握りしめたまま、歓喜のあまり思わずその場で跳ね上がりました。実はその数日前から、私はある種の色をうまく紙に乗せられず、とても悩んでいました。刷り終わると変色してしまったり、色がきれいに刷り上がらない。何かを色粉に混ぜればいいのではないか。漠然と想像はするものの、それが何なのか皆目見当がつかない。『北斎先生、助けてください』。だから港湾の税関から問い合わせを受けるや、すぐにぴんと来たのです」

隣で話を聞いていたピーノが、ごくりと唾をのむ。

「検査してみるとその粉の正体は、うるしの樹液を乾燥させたものだとわかりました。なぜジェノヴァにその荷物が着いたのか。記載されていた宛先は実在せず、しかも発送元も不明でした。粉は、麻薬でもなく危険な薬品でもなかった。『もしこのまま廃棄処分にするのなら、どうか私にこれを譲ってもらえないだろうか』。そう、おそるおそる税関にお願いしてみたのです。そんなことが許されないことは、承知の上でしたけれど」

リグストロは立ち上がって、背後の本棚の上のほうに置いてあった紙包みをそうっと下ろし、「これをご覧あれ」と広げてみせた。

そこには、大海原を爽快に走る帆船に青空を舞う無数のカモメ、その上空にはまばゆい黄金色の光線を投げる太陽が描かれてあった。その風景は、澄み切った明るいイタリアの光景だった。さきほどピーノと並んで防波堤から見た、このインペリアの沖合のように見えた。

「この金粉がね、接着効果を持つうるしを混ぜたおかげで、飛ばずに紙にうまく乗ったのです。税関がそのとき、規則を無視して譲ってくれた粉は、私がこの先、生きている限り、毎日使ってもあり余るほどの量がありました。そしてさらに不思議だったのは、この金色の太陽を刷り上げた後、描こうと思う画題がすべてリグリアの風景へと変わったことでした」

「北斎先生、本当によろしゅうございましたわね。インペリアまで遠出なさったかいがあったじゃございませんこと？」

突然、キヨコさんがよどみない日本語で、奥の自画像に向かってそう言った。それは天から聞こえてくるような、清らかな日本語だった。

その日ピーノが暗くなった工房で無言でシャッターを切ったのは、ただ一点だけだった。

写真の中のリグストロの目の奥には、

〈よくぞ、ここまでいらしてくださった〉

そう安堵して微笑む、元祖　葛飾北斎の眼光が重なっていた。

僕とタンゴを踊ってくれたら

誘われて、踊りに行くことになった。

といっても、行き先は市内のクラブではなく、田舎のダンスホールだという。ミラノから南東に下って六十キロほどのところに、ピアチェンツァという町がある。そこからさらに郊外の丘陵地帯にダンスホールはあるらしい。

ピアチェンツァの一帯は、イタリア最長のポー川が流れ、広大な肥えた平地を抱く、国内でも有数の豊かな農業地帯として知られる。トマトやジャガイモなどさまざまな野菜から、生ハム用の養豚場にパルメザンチーズ工場、ワイン用の葡萄畑と、あたかもイタリア食材図鑑を開くようなところなのである。そうした田舎の風景とダンスは、どうも頭のなかでうまく結びつかなかったが、遠足気分で出かけてみることにした。

五月。すでに夏時間で夜八時近くになっても外はまだ十分に明るく、屋外であれこれと楽しめる。ダンスホールが開くのは日がすっかり暮れてから、というので、ならば現地で夕食も、ということになった。

夕方六時に、誘ってくれた女友達と待ち合わせて、車でミラノを出る。

高速道路に向かう環状道路は、ひどく渋滞している。仕事を終えて帰宅する車ばかりかと思っていたら、ほとんどの車が高速へいっしょに入ってくる。横に並ぶ車を見ると、車内の大半はカップル、あるいは運転する夫に妻、子供、犬という面子《メンツ》である。そしてどの顔ものんびりとしている。仕事を終えその足で家族を乗せ、週末を過ごしにミラノの外へと出かけていくところらしい。

「不景気など、どこ吹く風でしょ。なんだかんだ言っても、海や山、湖畔に別荘持っている人たちがけっこう多いのよ」

友人ヴェルディアーナは巧みなハンドルさばきで、追い越し車線に入ったり出たりしながら言う。

今日は一日、まるでもう真夏のような陽気だった。慢性的な交通渋滞と盆地という地形のせいで、ミラノの大気汚染は深刻である。五月だというのにじっとりと暑く、そして町には風が通り抜けない。昨日の汚れた空気は、入れ替わることなく今日も辺りに残っている。湿気と汗と排気ガスがまとわりつくようで、息苦しい。

うっとうしい気候だけではない。ミラノには悠然と歩いている人が少なく、みな慌しく一日じゅう四方八方を駆け回っていて、居づらい気持ちになることが多い。

朝出社すると、すぐに外回り、まず銀行、次に郵便局、昼までに税理士とそれから弁護士事務所に寄って、市電を待つ間にベビーシッターに電話しておかなくては、「学校に子供を迎えに行って、帰路おやつを食べさせ、サッカーの練習と歯医者ね」、あ、そうだ、「犬に餌もやっておいて」、会社にいったん戻り、一件アポ、昼食。バールでサンドイッチ、MP3で昨日録音した曲を聞きながらドゥオーモ広場へ歩き、時間があけば話題の展覧会をのぞいて、もう昼休みはおしまい。外で打ち合わせ、メール確認、退社。今夕は映画か、芝居もいいかも、ミュージカルね、七月のコンサートの予約をしておかなければ、そうだ明日は出張だった、クリーニング店へ背広を取りに行き、車に入れ、そのままテニス仲間とアペリティフ、それから家、シャワー、着替えて夕食、えっと誰と食べるのだったっけ。前妻か、いや恋人だったかな。その前に子供たちをおばあちゃんの家に預けに行かないと。

という具合である。

自営もサラリーマンも、既婚者も単身者も皆、やたらと用事を抱えている。二つの携帯電話を両耳にあてながら、小走りに行く人もいる。そういう具合だから、ようやく金曜にたどり着く頃には皆、ぜいぜいと肩で息をしているような按配なのである。しかし本当にそれほど忙しいのかというと実はそうでもなく、ミラノ人には自らあえて用件を増やしているようなところもある。

昔からミラノは、働き者の町だった。ドゥオーモの尖塔を飾る黄金のマリア像は、ミラノの働く女性の象徴であり支えであった。時代は移って、暇は貧乏、貧乏は弱者、弱者はミラノにいる資格なし、という風潮が強くなっている。のんびり町中を散歩していては、後ろから走ってくる人たちに突き飛ばされるような空気が、この町には流れている。

「一刻も早く町を出たいのよ、皆。それに週末を外で過ごせるのは、甲斐性がある証拠でしょ」

こうして金曜夕刻の高速道路は、一週間、懸命に動き回ったミラノ人で溢れることになる。

ヴェルディアーナは、外資系の大手広告代理店に勤めるコピーライターである。パスタから自動車など、誰もが知っている商品の名付けの親であり、最優秀広告大賞を何度も取っている。イタリアの最新情報と感度を凝縮したような女性なのである。

五十八歳。明るく栗色に染めた短髪を引き立てるように、今日は真っ赤なサブリナパンツに体にぴったりはりつくような黒のTシャツ姿である。〈I ♥ TANGO〉とラメ入りの糸で胸元いっぱいに刺繍が施されており、まぶしい。ヴェルディアーナのような職業の女性には、年齢はあってないようなもので、若い女性でも躊躇するような派手な恰好なのに、そつなく着こなしている。

今、車で走っている道は、彼女がこの三十年間、毎日通い慣れた道である。ピアチェンツァまでの道のりは見渡す限りの平地で、ポー川からの湿気をたっぷり含んでいる。冬は視界ゼロに近い濃霧が立ちこめ、夏はタイガーと異名を持つ、生命力の強い巨大な蚊が大発生する。イタリアの胃袋を支える地とはいえ、そうそうロマンティックな田園風景ばかりではない。

三十年前、そういう土地にヴェルディアーナは、家を買った。家が体裁を整えたのは、購入してから十五年以上も経ってのことである。

売りに出ていたその家を見つけたときは、三辺の壁の名残はあるものの四辺目の壁面は崩れて無く、屋根も半分以上は腐れ落ちていて、大掛かりな修復をしなければ、とても住めた代物ではなかったからである。

それでもヴェルディアーナは嬉しくて、「中世の荘園領主の屋敷を買ったのよ」と周囲に得意になって話し、そのうち毎夏その家の中庭で自分の誕生日を祝うようになった。

荘園領主の元屋敷は、所有農地が見渡せる丘の上にある。ぐるり三百六十度にさまざまな農作物が植えられていて、季節を通じて耕作地は緑から赤や黄色、茶色へと変化して、大きさや色の異なる絨毯を敷き詰めたようで美しい。

まだ駆け出しのコピーライターだったヴェルディアーナは、同僚、先輩に顧客、業者と、大勢の関係者を自慢のわが家へ招待した。パーティー会場の中庭を取り囲んでいる瓦礫の山こそが、実は荘園領主の屋敷だと気づく客は誰もいなかった。

若いのにやるじゃないか。ただの田舎だと思っていたが、この辺り、なかなか面白いな。ミラノとは別世界だ。子供を連れてきたら喜ぶだろう。次のコマーシャル撮影で使えるかも。またヴェルディアーナに会いたいものだ。ミラノに戻ったら連絡してみようか。

招待した客たちはどの人も喜び、再会を約束してミラノへ帰っていったのである。

ヴェルディアーナがそこまで計算していたのかどうかは不明だが、

意表をつく田舎でのパーティーのおかげで、数年のうちに広く太い人脈ができた。そもそもイタリアでは、縁故がないと仕事を取るのはたやすいことではない。しかし逆にひとこと知己からの口添えがあれば、たいてい物事の運びが楽になる。もともと実力もあったヴェルディアーナは、増え続ける縁故と口添えのおかげもあって、着実に出世した。

中世の家を買うために全財産をはたいたうえにローンも組んだので、ミラノの賃貸アパートは畳んで生活の拠点を田舎へ移して、毎日田舎からミラノの仕事場まで通うことになった。懸命に働けば、そのうち荘園領主の気分が味わえる家へと修復できるのだ。そう想像するだけで興奮して、濃霧も蚊も渋滞も、苦痛ではなかった。

とにかくそこで暮らすために必要最低限の台所とトイレの水回り、

寝室の上の屋根くらいは作らねば。

　ところがどんな田舎とはいえ、物件は中世の建築物である。当局の許可なしに勝手にあれこれ修理や改築することなど、許されない。

　まず、修復の申請を最寄りの役場へ出す。申請書は、村役場から県庁へ、県庁から文化省へ、さらに文化省の遺跡保護管轄の担当局へと上がっていき、審議された後、再び同じ過程を逆行して下りてくる。

　気の遠くなるような、書類と交渉の行ったり来たりを繰り返した末にやっと、改築や修復工事が始まる。ヴェルディアーナの家が、瓦礫状態で購入してから十五年ほど経ってようやく、壁も屋根も玄関も揃った立派な屋敷へと生まれ変わったのには、そういう事情もあった。

　しかし、書類や許可申請ばかりに時間がかかったわけでもなかった。

工務店を呼べるようになったのは収入が安定してからのことであり、それまでは近所の農家の人たちや友人たちにも助けを乞うて、少しずつ手作業でコツコツと工事を進めてきたからである。

家が少しずつ形を成して行くのと並行して、ヴェルディアーナの人生にも変化があった。結婚、出産、別居。完成した直後に、離婚。

息子も独立して一人の生活に再び戻ったときに、夢の家は完成した。

「まあ、いいような悪いようなものね。環境抜群で、家を独り占めできて領主気分だけれど、あまりに広すぎて掃除や手入れが大変よ」

さばけた調子で言い、大笑いしている。

車は高速を下りて、どこまでも広がる農地の真ん中をまっすぐに突き抜けていく。畦道《あぜみち》を走る。そのうち前方に、柔らかい曲線の丘が見えて来た。ミラノ市内からほんの一時間で、なんと景色の違うことだろう。

空気の悪いミラノを出るまでは窓を閉めてクーラーだったが、農道に入ってすぐに車の窓を大きく開ける。車外から、堆肥の匂いを含んだ甘い土の香りが勢いよく流れ込んでくる。風は冷たくもなく、蒸れてもいない。初夏五月、夕刻の澄み切った空気だった。

「ここよ」

車が停まったのは、広大な農地のど真ん中だった。ダンスホールは、と見回すが、建物などどこにもない。あるのは、どこまでも続く農地だけ。地面が掘り返してあり、休耕地らしかった。

かなり離れたところで、大勢の人が動いているのが見えた。椅子やテーブルを運ぶ人も見える。白いエプロンを着けた人たちもいる。何本か、煙も立ち上っている。

ヴェルディアーナは、身軽にその均《なら》したての空き地を人のいるほうへ向かって走って行く。

五、六十人はいるだろうか。仮設の厨房がそこにはあって、老いも若きも懸命にいろいろな作業をしているところだった。年配の男性がかけ声とともに、大胆に手早く肉や野菜をぶつ切りにしていく。その隣では、女子高校生くらいの子が二人がかりで、切られて山盛りになっていく肉片と野菜を次々と串刺しにしている。肉からは血が滴って表面がつややかに光り、ピーマンやニンジン、タマネギの切り口は瑞々《みずみず》しい。

肉片の出どころはこれだぞ、というように、奥にいる中年の男性が、皮をはいだばかりの豚一頭を両手で軽々と頭上に持ち上げて、こちらに見せてくれる。

「子豚だからね、十五キロそこそこよ」

度肝を抜かれている私に、ヴェルディアーナが紙コップに入れた赤ワインを渡してくれる。

厨房は仮設とはいえ、効率よくできている。コンロだけでも二十個はあるだろう。それぞれの火元担当者が、二十種類の料理にとりかかっている。どの人も忙しそうだが、あちこちから絶え間なく笑い声が上がる。

一帯は、豚の産地である。生ハムから熟成ハム、サラミソーセージといった加工肉に始まって、多様な豚料理がある。

豚肉は豆との相性がいい。やや酸味のある地元産のトマトでウズラ豆と豚肉を煮込み、そこへ耳たぶ大の、粉を水で練っただけの簡素な手打ちパスタを加える。それぞれはつつましい食材ながらも、組み合わさると無敵の味わいとなる。

「これがまた、たまらないわ」

それきりヴェルディアーナの声がしないので、振り向いて見ると、また違うパスタの入った皿を手に頬張っている。それは薄く伸ばした手打ちの麺の中に、その朝できたばかりのチーズと大葉のような、つまりどこにでも生えている旬の葉野菜を茹でて潰したものを混ぜ合わせた具入りのパスタである。一口大に切ったパスタの皮の中に、具を包み込み両脇をギュッと捻ってある。紙にくるまれたキャンディのようだ。どれどれ。茹で上がったパスタは、ざっと卸しチーズがかかっているだけの、あっさりした見かけである。ところが一口食べてみると、麺の中から大葉が育った土壌の芳醇さが飛び出して、瞬時に口じゅうに新緑が広がるような味わいなのだった。

そこあぶないよ、ちょっとどいて。人の往来はさらに増え、準備は進む。厨房の奥に積み上げられた箱は、ワインである。

「一晩、三千本は空くのでね」

箱の数を数えている私に、ワイン担当者が教えてくれる。

焼きたてのケーキやジャムの載ったビスケットなど、手作りの菓子の一角も見える。

厨房から少し離れたところで、さかんに揚げ物をしている人がある。側に寄ってじっくり見ても、いったい何の揚げものなのか、その正体がわからない。立ちのぼる煙は濃厚で、揚げているその五十過ぎの男性は、どうやら料理の達人らしかった。厨房から他の料理担当者たちが入れ代わり立ち代わり、料理のコツを聞きにきている。

「あら、エンツォじゃないの。ツイてるわ、今晩の揚げ物担当がエンツォだなんて」

ヴェルディアーナが走って近寄ると、エンツォは揚げものをしていた手をいったん止めて、鍋の前へ飛び出してきて、いきなりヴェルディアーナを抱き寄せたかと思うと、その次の瞬間には体をのけぞらせるように彼女を倒し、タンゴの最後のポーズを決めて見せた。

ぴゅうと、四方八方から飛ぶ口笛と喝采。この二人、どうも村では有名なダンスカップルらしい。

初めまして。私、ダンスは初めてで。村に来るのも初めてです。

「そうか、なら今晩はじっくり手ほどきしてあげるから」

ハアッ、エンツォは威勢をつけるように短く叫んでからにっこりこちらを見て、再び鍋の前に戻っていく。

次々と揚がってくるのは、ふくらし粉の入ったパン生地を揚げたものである。エンツォの手にかかると、親指の頭くらいの小さな玉に練りまとめた粉がぷっくりとテニスボールくらいまで膨らみ揚がる。キツネ色に揚がったそのパンをすぐ、あっちっちと手で割って、その空洞にサラミの薄切りを二枚、三枚と挟んで、口に放り込む。揚げたてのパンの余熱で、サラミがゆるゆると溶けていく。揚げ油はもちろん、ラードが溶けたものである。そんな食べ物は体に悪いことこの上ないが、

「脂は油で溶かせ、っていうんだよ」

はっはっはと、エンツォから次々とその揚げたての玉を渡されて、頬張らない人がいるだろうか。

はい、とタイミングよく、ヴェルディアーナがワインのお代わりを差し出してくれる。熱々を頬張って、よく冷えた発泡赤ワインを飲む。

「これもまあ、参考までに食べておきなさい」

次に揚がってきたものは、さらに正体がわからない。ひとかじりすると、次を噛まないうちにそれは舌先あたりで溶けてしまう。感想の

言葉が見つからず、ただ唸るばかり。

「兄弟揚げ、と言うかね。ラードの薄切りをラード油で揚げたものなんだよ」

輪をかけての悪食であるが、かりっとしたその香ばしさは次の一口を呼んで、もう止まらない。揚げものは、目の前で食べてこそ。切れ目なく赤ワインを飲むので、胃もたれする隙がない。

そうこうするうちに、四人がけのベンチとテーブルがどんどん運び込まれて、厨房の前にはちょっとした屋外食堂ができあがった。席数は、ざっと五百あまりはあるだろうか。その向こうに、板敷きの空間が作られている。

そここそが、今晩のダンスホールなのだった。村の祭りである。中年の女性が数人で手分けして、その板敷きの広い舞台に足下の滑りをよくするために粉を撒いている。ちょっと飲んでて、とヴェルディアーナは言い残し、車に乗ってどこかに行ってしまった。

エンツォに紹介してもらった村の人たちは親切で、涼しい夕刻の風に吹かれながら見知らぬ人と相席して飲み食いを続けるうちに、すっかり極楽気分になる。イライラに追いかけられるようなミラノとは、別天地である。

薄暮の頃になって、マイクのテストが始まった。

「あーあー、ただいまマイクのテスト中」と若い女性の声が響くと、皆、作業の手を休めて顔をあげ、いよいよかと嬉しそうである。子供はすっかり興奮して、歓声をあげながら、意味なくベンチ脇の広大な耕地を走り回っている。

暮れる前の会場には、豚肉を焼く匂い、エンツォのハアッというかけ声、揚げ物から立つ薄い煙、ときおりポンと鳴るワインの栓抜きの音、パスタの湯気が混ざって、初めての場所なのに、久しぶりのわが家に帰って来たような気持ちになる。

もう五杯は飲んだだろう。少しぼうっとしてきた。ベンチに座ったまま、くるくるとよく働く村の人を見ながら、ヴェルディアーナを待った。

「待たせたわね、ごめんごめん」

目の前に立っている女性が、あのヴェルディアーナだと気づくのに数秒かかった。すっかり衣装替えして、別人である。どうよ、というふうに得意げな様子でその場でくるりと回って見せてくれる。たっぷりとギャザーの入ったくるぶしまでのスカートが、ふわり、と円形に開いて、花のようである。紫色と黄色の縞模様だ。短髪からくるりと出た耳には、深い緑色の大ぶりのイヤリングが揺れている。五十八歳だったっけ。私はその変貌にただ驚いて、言葉もなく見とれている。

「ほほう、今年のスカートもいいねえ。早くお相手、お願いしたいですなあ」

感に堪えない、という表情で褒め讃えるのは、七十はとうに過ぎているだろう、腰の曲がったおじいさんである。奥で先ほどまでフライドポテトを担当していた人に違いない。なかなか言うな、と私はさら

に驚いて、まじまじとその老人の顔を見ていると、

「ヴェルディアーナと踊るのは、村祭りに来る皆の夢でね。毎年、順番待ちですよ。でもタンゴだけは、誰も相手にしてもらえない。エンツォが独り占めなんだ」

いかにも無念、という顔をしてその老人はワインを飲んだ。

わずかな間に集まってきた数人の熟年男性たちが、ヴェルディアーナの周りを取り囲んで、そのまま揃って踊り場へと移動していく。女王様が到着して、いよいよ村のダンスホールの開場である。

その晩、そこで目にした光景は、過去に見たどんな映画のシーンよりも劇的で不思議なものだった。私は、自分がもしかしたらワインに

酔って眠ってしまい夢でも見ているのではないか、と何度も自分で顔を叩いたりつねったりしたくらいである。

つい先ほどマイクのテストをしていた女性は、歌手だった。いつのまにか舞台用の衣装に着替えている。胸の大きく開いた黒いブラウスに、やはり黒い総レースのロングスカートで、十五センチはあるだろう、ピンポイントのハイヒールである。睫毛《まつげ》は濃く黒く目は緑色で、長くうねる黒髪の中から、観客をじっと見つめると、まるで獲物を狙う豹のようである。餌食にしてください、とばかりにそれまで椅子に座って平穏にサラミなど食べていた男性たちが、どっと踊り場へと集まり寄ってくる。

よく伸びる、高くない声で歌い出す。ルンバだ。

「アンカラーノ村の皆さん、お久しぶり！　今宵も楽しく夏開きをしましょう。さあ、次、チャチャチャいきますよ」

彼女がそう言い終えるや、背後のバンド陣がいっせいに立ち上がり、アコーデオンや打楽器を抱えて、数歩前に出てきてチャチャチャのリズムを弾き始める。

楽器どうしの音合わせが、微妙にずれているのがいかにも地方行脚のバンドというふうで垢抜けせず、心が躍る一方でまた何とも切ない気持ちになるのだった。

アコーデオンを懸命に演奏している中年の男性は、歌手の恋人なのだろうか。ときおり二人は舞台で絡み合うようにして、歌いながら踊り、踊りながら鍵盤にめまぐるしく指を滑らせている。蛇腹に空気が入り込むその瞬間、演奏するその男も大きく息をいっしょに吸い込んでいて、楽器も息を弾ませているように見える。

演奏が続く舞台では、もう百人を越える男女が踊っている。

ヴェルディアーナの衣装に驚いたのは、私の認識不足だったと知る。舞台に上がった村の人たちは皆、いったいどこでその衣装を、と問いたくなるようなダンス用の一張羅をまとい、踊りに没頭しているからである。なにしろ踊る人たちの大半は、六十過ぎである。ときおり三、四十代や学生ふうの人たちも混じって見えるものの、ごく少数派である。

熟年の踊り手たちが、この日をどれほど心待ちにしていたか、その堪えきれない嬉しさが各人の服装からよく伝わってくる。

目の前をくるくると回りながら、小走りの独特のステップで踊っている女性は、七十を越えているだろう。いや、八十代かもしれない。小柄で、艶気《つやけ》はすっかり乾ききっていて枯れ枝を連想させるその女性は、いくら激しく回っても髪の毛が少しも乱れない。ここへ来る前に、美容院に行ったのか。グレーの髪はきれいな曲線で梳《と》かしつけてあり、上からスプレーで乱れないように固めてあるようだった。一方、ステップごとに裾が舞い上がるそのスカートは、絹らしい。薄地なので太ももが透けて見えるのが、枯れた老女とはいえ、なまめかしい。合わせたブラウスもやはり絹で、フリルがあちこちにたっぷり付いている。胸元と耳には、大きく重そうなネックレスと対のイヤリングが揺れている。そしてあれだけ激しいステップを踏むその足は、ハイヒールである。

相手の男性は、スーツを着ている。仕立てはいつの時代なのか。肩に入っている厚いパッドのせいで、動くたびにぶかぶかと上着が肩から飛び出している。しかし、そのペンシルストライプのダークスーツの上着のボタンをきちんと留め、幅広のネクタイをし、やはり二サイズは大きいズボンの下には、ピカピカの黒の革靴が見えている。ハッ、ホォッという声が思わず漏れて、おじいさんは息を弾ませながら、早足のガールフレンドに遅れまいと懸命にステップを踏んでいる。

ワルツが流れると照明は落ちて、踊り舞台には静かにどよめきが起こる。熟年男性たちは、待ってましたとばかりに、ぐっと女性を胸元へ引き寄せる。突然、あたりには濃厚な空気が流れて、直視するのが気恥ずかしい。

フライドポテトの老人はどこだろう、と探すと、いた。もう腰など曲げてはおられぬ、という若々しい足取りで踊っている。

「ちょっと、あの二人を見てごらん」

知らないうちに隣にはエンツォが座っていて、そっと目配せする。

踊り場に向かってベンチの間を歩いてくる、六十半ばくらいのその男性は、白のタキシードで決めている。中に合わせたシャツは薄いピンク色で、人形売り場から借りて来たバービーのボーイフレンドのようである。靴はヒール付きのエナメルの白。街ではもちろん、靴屋ですら白のエナメルなど見たことがない。記憶を辿って、そういう恰好を見たのは、ああマフィア映画の中だった、と思い出す。

連れは、一メートル八十はあるメリハリある体つきの女性で、むせ返るような艶っぽさで踊る前から周囲を圧倒している。観客席の男性たちが見惚れているのは、その後ろ姿である。お尻の形がすっかりわかる、タイトスカートはショッキングピンクで、膝あたりで突然、フラメンコの衣装のように幾重にも層になり裾へと広がっていて、昔の銀幕の女優のようである。

女性の動きはいちいち芝居がかっている。踊り場へと進みながらも、ときどき挑発的な目で周囲を見ながら、スカートの裾をつまみ上げては足を大胆にあげてみせたりする。丸見えになったその太ももには黒いガーターがついていて、黒の網タイツが留められている。彼女のヒールは、いったい何センチなのだろう。スカートが下に下ろされるや、強烈な甘い香りがベンチのほうにまで流れ込んでくる。

髪は黄色に近い金髪で腰まで長く、縦巻きにうねっている。化粧は濃く激しい。唇は不自然なほど肉厚で、いつも半開きになっている。タンクトップを破って外へ弾け出てきそうな胸は、そのまま顎まで迫《せ》り上がってくるほどの迫力である。

同じ女の私ですら、見ているだけで息苦しくなるほどの女っぷりである。男性にしてみたら、卒倒ものだろう。そう思って辺りを見渡すと、集団暗示にかかったような表情をして男性たちは老若すべて、釘付けになっている。その女性の熟れ具合は自然ではなく、ツボを承知した計算ずくの豊艶ぶりである。

素人ではないのでしょう、とエンツォに尋ねたが、にやりとするだけで何も言わない。まずは見ていろ、というふうに目配せするばかりである。

二人は、ダンスホール荒らしなのだった。盗むのは財布ではない。居合わせた人の心を抜け殻にしてしまうのである。楽団までもが手を止めて、じっと二人が踊り場へ入ってくるのを待っている。

滑るようにして、白エナメルの男が踊り場に入ってくると、踊り場にいた大勢の人たちは一斉に下がって、真ん中に丸い空間を作った。そこへその女性が手を引かれて登場。あちこちから拍手が起こる。演奏開始。マズルカだ。

曲が始まってから私は、その二人の足下ばかり見ている。磨き上げられた白のエナメル靴は、巧みに女性のヒールの間を割って入っては、優雅な曲線を縫って横へ前へ後ろへと、ステップを決めて行く。相当に速いテンポだが、二人の息はぴったりと合っていて、一度も足下が乱れることがない。二人が抱き合って踊ると、男性は女性の胸元に顔を埋める恰好になる。全男性は、羨望の眼差しでそれを見ている。

一曲踊り終わると、二人はあっさりとホールを去っていった。ベンチ席のあちこちから、「さよなら、ドン・ルイジ」と挨拶する声が上がった。

「彼はね、数年前までこの近くの教会の神父だったんだよ」

驚くだろ、と首を振りながらエンツォが話してくれた。

地元で長らく神父を務めるドン・ルイジのところにある日、信者が相談にやってきた。聞くにひどい身の上で、ブラジルから逃げるようにしてイタリアに来たものの、身寄りもなければ仕事のあてもない、という。その若者ロナウドは見上げるようながっしりした大男だったが、すっかり絶望してそのうちひっそりと泣き出した。親とはぐれた子犬のようで、哀れだった。神父はその男の不遇にすっかり同情し、ちょうど準備中だった村祭りの手伝いに来ないか、と誘う。

「まあ、運命の出会いだったのだろう」

人の良い村人たちは、尊敬する神父の頼みとあっては、もちろん放ってはおけない。それにロナウドは、憂愁たっぷりでなかなかの美男子なのである。若い女性ばかりでなく、おばさんやおばあさんたちも放ってはおかない。こうして、村祭りで皆と踊り、知り合いもでき、なんとか仕事への伝手《つて》もできた。万事めでたし。

楽しかった夜も更けて締めのワルツが流れ始めると、ロナウドは少し躊躇《ためら》いながら、ベンチに座っていたルイジ神父の前まで行き、お願いします、と手を差し出し踊りに誘った。酔いも回っていたし夜も遅く、もちろん神父はその誘いを快く受け、笑いながら席を立って、ロナウドに手を引かれるまま踊り場へ上っていった。

そしてその翌日、神父は教会へ脱会届けを出した。

「次に神父を見たのは、秋祭りだった。ラメ入りのワインレッドのスーツに、黒のエナメルの靴。目を疑ったね。しかも、たいそうボリュームのある女連れだった。それが、あのロナウドだったというわけよ」

以来、二人はちょっとしたスターで、一帯のダンスホールをくまなく巡っては、居合わせる村人たちを毎度、打ちのめしているのだという。ルイジの前人生を引き合いに出して、あれこれ咎める人はいないという。

あの晩、最後のワルツで二人は、自分でも意識していなかった秘密の願望があることに気がついた。運命の引き合わせで出会って、二人は同時に目醒めたのである。いったん気がついたらもう、世間体も将来の心配も二人には関係のないことだった。即刻ルイジは聖衣を脱ぎ捨て、ロナウドはそのまま自分の気持ちに従ったのである。

神父の突然の決意とその後の衝撃的な変貌に、教会はもちろん激怒した。しかしどうだろう。ルイジは場所と方法は変えたものの、人助けを続けているのに変わりはないのではないか。

「それにあれだけうまいダンスを見せてくれれば、もうそれで十分。いい気分だよ」

エンツォは出口へ向かう二人の後ろ姿を見送りながら、そろそろかな、とゆっくり立ちあがった。それを待っていたかのように、アコーデオンが泣くような音を出して、高いキーから一気に転がり落ちてくる旋律を鳴らす。タンゴだ。

わあー。

ベンチ席は、再びどよめく。

踊り場には、ヴェルディアーナがスポットライトを受けるように、中央に一人、立っている。休みなしに踊り続けていたヴェルディアーナは、顔も胸元も汗で光っている。

ハアッ。

エンツォがかけ声とともに側へ走りよって、両手でしっかり抱き寄せてから、思い切りよくヴェルディアーナの背中を支えて、後ろへ倒した。

紫色と黄色のスカートが、何回、胸元まで舞い上がっただろう。二人のタンゴは、劇的で目を奪われる激しい踊りぶりだったが、それでも濃密な雰囲気はなかった。相手の出方や技を知り尽くした二人が、まるで格闘技の取り組みをしているようで、清々しく健康的である。客席から見るエンツォは球形のような体つきで、踊る様子は玉に乗ったサーカスの曲芸師が転がり回っているようでもある。アコーデオン奏者は歌手と抱き合うほどに接近して、泣き叫ぶような鍵盤さばきを続けている。演奏は止まらない。何度も繰り返しが続く。皆、この二人といっしょにずっとタンゴを踊っていたいのだった。

かけ声とともに、今一度ヴェルディアーナが後ろへ倒される。高く真上に突き上がる足、一本。ライトを受けて輝く、汗に濡れた白い太もも。

会場はその瞬間しんと静まり返ったが、数秒後にたちまち、どうっと地響きのような歓声がわき上がって、それを合図に村祭りはお開きとなった。

酔いと興奮の余熱を冷ますように、タンゴの二人と私は、厨房を担当していた数人の村人たちとベンチに座っている。すでに夜中の二時を回っていて、私たちの他には誰もいない。農地には闇が広がり、平地の向こうから少し湿った風がときおり刺すように吹いてきて、セーターでも着ていないと寒いくらいである。

「ヴェルディアーナと知り合ったのは、もうずい分昔のことだ。やはりこの祭りで会った」

わずかに残っていたビスケットをかじりながら、エンツォが言う。

「溌剌《はつらつ》としていたねえ。僕も若かった。この近くにあばら家を買って、ミラノから越してきたばかりだという。『一曲相手をしてくれたら、修復工事を手伝うよ』。そう提案をして、さっそく僕は彼女をタンゴに誘った」

当時エンツォは、ピアチェンツァ市内で夜警をしていた。悪くない仕事だったが町中での生活がどうも性に合わず、そろそろ辞めて田舎の生活に戻りたかった。進退を悩んでいたときに、突然目の前に魅力的な女性が現れたのである。ここで踊りに誘って、お近づきにならない手はない。

いいところを見せよう、と意気込み過ぎたのだろう。タンゴの最後の決めのポーズで力一杯ヴェルディアーナを反らせた途端、エンツォの右腕の腱が切れた。

タンゴを踊っていて怪我した、とは書かずに、〈警備中の不慮の事故〉と知己の医者に頼み込んで診断書を書いてもらい、会社の総務課へ報告した。全治六ヶ月。

まもなく、〈切れた神経は元通りに回復しない怖れもあるため、中度の障害者と認定する〉と、保健所からの連絡が届いた。

エンツォはこの認定書を受け取り、引き換えに退職届けを出した。

「おかげで、夜警をきっぱり辞めて田舎へ戻ってくる決意がついた。腕もしばらくしたら全快した。医者へ診てもらいに行ったが、認定はそのままでよし、という。このあと僕は一生、中度障害の保険扱いになるらしい」

やや後ろめたいものの、医者からも役所からも咎めがないのに、わざわざ放棄することもない。

晴れてエンツォは、田舎での気楽な生活と、ちょっとした年金と、なによりダンスの新しい相手役を手に入れたのである。

「タンゴさまさま。ヴェルディアーナは、僕のマリア様です」

アーヴェ・マリア、ばんざーい、もう一度、乾杯。

照明も消えた踊り場で、ヴェルディアーナとエンツォは、丁寧にゆっくりとワルツを踊ってみせてくれた。楽団も歌手もなく、静かに。二人の鼻歌だけを伴奏にして。

黒猫クラブ

　クリスマスを間近に控えて、ミラノの夜はいっそう厳しい冷え込みである。それでも繁華街は、仕事仲間と忘年会に出かける人々や買物客、車でごった返している。十二月になると市内の主だった商店街の上には、それぞれの通りごとに趣向を凝らしたクリスマス用の電飾がいっせいに点いて、普段のよそよそしい様子とは打って変わり、この街も詩的な表情を見せる。しかしせっかくの電飾も、名物の霧が立ちこめるとたんに輝きを失い、あたりの風景は色褪せた古い写真のようにくすんで、祝祭のクリスマスもどこかうら哀しい。

アルプスを背後にミラノは内陸にあって、盆地で風抜けが悪い。特に湿気の多い冬場になると、垂れ込めた雲下に街が吐き出す空気は逃げ場を失い、そのまま滞る。年によっては早くも十月末あたりから明けて四月半ばまで、陽の射さない薄暗く冷えきった日が延々と続く。雨や雪は石畳や壁面へしみ込んで奥深く留まり、街を底冷えの中に閉じ込める。住人は息を潜めるようにして、重い空気の下で長い冬が通り過ぎるのを待つ。

市内の建物は、地下で重油を燃やしてボイラーで温めた湯を全館に流し回す方法で温められている。まだ暗い朝、あちこちの建物の煙突から重油を燃やす煙が立ち上り、ミラノの冬の一日は始まる。煙は低い曇天に突き当たり、そのまま私たちの頭上に重く溜まったまま動かない。

さほど大きくもない街なのにミラノには、住民一人頭一台を超える数の車があるという。父は勤めへ、母は子供を学校へ送り、配達人はバンで、三輪車で植木やパンを運ぶ業者あり、スーパーへ生鮮食品を納品するトラックが通るかと思えば、男子高校生たちが渋滞の中を猛スピードのバイクで駆け抜けていく。

どこを向いても渋滞している。路上からは車両の排気ガス、屋根上からは暖房の重油の油煙と、冬じゅう淀んだ空気に挟まれて生活は続く。

市は汚染を食い止めようと、暖房用の重油を燃やしてよい期間と一日の稼働時間を条例で制限している。おかげで夜十時を過ぎるとどんなに冷え込んでいようが、有無を言わさず全館暖房は止まる。

私の家は、五階にある。暖房のための温水は地下から順々に上がってくるため、階上に行くにつれて湯の余熱はだんだん冷めていく。階上の住人は、よい見晴らしと引き換えに、冬に気温四、五度分の損をする。

暖房が止まるのを機に、私は早々に寝室へひきあげることにしている。屋外は、すでに零下である。暖房が止まったとたん、石の壁からは湿った冷気が室内に忍び込んでくる。各人が小型ストーブで追い焚きしても間に合わない。冷えないうちに、頭まで布団にもぐる。修学旅行の消灯時間のようである。

その晩も早々に寝床で本を読んでいたのだが、いつの間にか寝入ってしまったらしい。

繰り返し鳴る玄関の呼び鈴に、はっと、目が醒めた。

枕元の時計を見ると、三時半である。いったい誰だ、こんな時間に。

いや、夢を見ていたのかもしれない。

うとうととまた寝入りかけていると再び、ジリーンジリーンとけたたましくブザーが鳴った。通りすがりの酔っ払いの仕業だろうか。半分眠ったまま、しつこく鳴り続けるブザーの音を聞くともなしに聞いていたが、ふと、そのブザーが階下にあるこの建物の入り口のものではなく、五階の、つまりうちの玄関ドアのブザーの音だと気がついて、跳ね起きた。

何者かが建物の中に無断で入ってきたうえ、しかもうちの玄関先まで来ている。

こんな時間にそこにいるのは、いったい何者なのだ。

ぞくりと背中に寒気が走って、いっぺんに目が醒めた。

数年前の夜、コカイン切れの若い男がこの建物内に無断侵入して建物じゅうのドアを叩いて回り、ひどい騒ぎになったことがあったのを思い出す。また、あの類いの侵入者なのだろうか。

あるいはこの前、暗黒街を犬連れで歩き回ったとき、地区の誰かに怪しまれて後をつけられ、脅しにでも来たのだろうか。

ジリーン、ジリーン、ジリーン。

身元の詮索など、しかしこの際どうでもよいことだった。すでに相手は扉一枚隔てたところまで来ていて、うちの呼び鈴を鳴らし続けているのだから。

室内は、骨まで凍る寒さである。膝が笑う。ブザーには返事せず明かりも点けず、忍び足で玄関まで行く。

息を殺して、覗き窓から外を見る。

こんなことなら覗き窓のレンズを、ふだんからきちんと磨きあげておくべきだった。薄暗い上にレンズは埃だらけで、踊り場にうずくまるようにしている人影はぼんやりと見えるものの、それが男なのか女なのかすら見分けがつかない。レンズに目を近づけてもっとよく見ようとしたとき、その影はさっと身を翻《ひるがえ》したかと思うと、階下へ駆け下りていってしまった。

　ジリーン、ジリーン。

　間もなく、階下から執拗なブザーの音が聞こえてきた。誰も出ない。当然である。真冬の三時半なのである。

　階下四階には、ミラノ大学哲学科の教授が一人で住んでいる。いつ会っても耳栓を着けていて、エレベーターの中ですら寸暇を惜しんで学術書を読むような人である。しかし偏屈者かというとそうでもなく、町中で会えば慌てて耳栓を外し、満面の笑みを浮かべて、たとえば土砂降りの日でも、「今日もけっこうなお天気ですな」と言ったりする。

　そのもう一階下には、高齢の夫婦が住んでいる。耳も足も目も悪い。不都合がないのは、頭と口の回転だけである。

現役時代、老夫は「泣く子も黙る」法曹界の重鎮、破毀院《はきいん》の裁判長まで務めあげたという。老妻は、今でこそ足が悪くて家に籠りきりだが、大手薬品会社の研究所で所長にまで出世した、キャリアウーマンの元祖のような女性である。

エレベーターで会うと、老夫はこちらの言うことが聞こえなくても意に介さず、声を張り上げて一方的に話を始める。過日もたまたま路上で会い、「ちょっと腰掛けていきませんか」と道沿いのベンチに誘われて、そのまま一時間もラテン語文法について説明を受けるはめとなった。

五十過ぎの一人娘がいるが、反りが合わないのだろうか、ローマに引っ越して行ったまま親元には寄り付かない。高齢の二人を訪ねる友人も親族も日々減る一方で、二人きりで静かに暮らしている。

よほど人恋しいのだろう。以前、怪しげな訪問販売人が来たとき、私たち他の住人は返事すらしなかったというのに、老夫婦はその男を家の中へ招き入れ話し込み、そのまま離さず、とうとう夕食まで振る舞ったのだという。押し売りも、さぞ面食らったに違いない。

しかし今ブザーを鳴らして回っている不審者に、うっかり老夫がドアを開けでもしたら大変だ。危害が加わらないうちに、なんとかその行く手を阻まなければ。

私が住むこの建物には、非常時に頼りになるような男性が一人もいない。

まず一階。通信工学の技術者家族が住んでいる。長らく地味に真面目に、夜間の簿記学校の教員を務めていたが、五十歳になったのを機に一念発起して通信教育でコンピューター経理を勉強。その後、切磋琢磨してソフトウエアを開発する技術を習得するまでに至った。十五年経った今、それが本業となっているのだから、たいした努力の人である。奥さんの話によれば、起きて寝るまで食事以外はコンピューターに釘付けだそうである。トイレにもコンピューターを持ち込む。ちょっと近所へ使いに行くときですら、コンピューター専用のリュックを背負って出る。荷物というより、もはや体の一部のようになっているらしい。娘の大学卒業の祝宴にまでコンピューターを持参したため、親族から顰蹙《ひんしゅく》を買ったそうである。

「でも技術者のくせに、切れた電球ひとつ、取り替えられないのよ」

奥さんは、よく愚痴をこぼしている。これでは緊急時には、あてにはならない。

二階には、女子大生三人が下宿している。地方出身の真面目な学生たちで、男友達の出入りなど見たこともなく、今後もその期待は薄そうである。週末には揃って親元に戻るため、アパートは無人であることが多い。

三階は、インテリ老夫婦。

そして四階の哲学教授に、五階の私。

最上階の六階には、数年前から病弱な婦人がペルー人の住み込みの看護人に付き添われて、ひっそりと暮らしている。

これで全員である。

降り掛かったこの緊急事態に、頼りになるような男性は一人もいない。下手に動くよりは、警察を呼ぶに限るだろう。

１１３……
１１３、１１３……
こちらは肝をつぶし藁をも掴む気持ちで電話をかけているのに、誰も出ない。

「……はいもしもし、で、なにか？」

どのくらい待っただろう。ようやく電話口に出てきた男性は、口を開くのも大儀そうである。そのうんざりした声に一瞬怯むが、気を取り直して事態を説明し、至急の救助を乞う。

何者かが建物内に侵入した。しばらく前から、各階で騒ぎ回っている。正体不明の相手に、怖いし危ないので迂闊《うかつ》に玄関は開けられない。老いた住人や病人もいる。即刻、出動をお願いします。

「で、何か被害は出ているのですか」

いえ、まだ特に何も……

「まず何か起きないと、ね。出動できないんですよ」

一瞬、相手の言う意味がわからず茫然とする。そんな、何か起きてからだと遅いから、こうして助けを乞うているのでしょう。

ジリーン、ジリーン。

ほらまた、うちに戻ってきた。聞こえますか。一刻も早く助けに来てください。ちょっとあなた、それでも本当に市民の安全を守る警察なのか。

「今、全パトカーが出払っているので、誰か戻り次第、手配しますから」

間延びしたままの声はそう言い、それ以上の問答は不要とばかりに、電話は一方的に切られてしまった。

しばらく携帯電話を持ったまま二の句が継げなかったが、悪態をついている場合ではない。ここで四の五の言っても、始まらない。たとえあてにならなくても、この際ひとまず、階下の男性たちを起そう。

一階のコンピューター技師と四階の哲学者に電話をする。案の定、二人とも何も知らずに熟睡していたらしい。コンピューター技師は、一階から階段で上がり様子を探りながら上まで来てくれるという。

四階の哲学教授は冷静で、まず三階の踊り場を上から覗いてみて、不審者が老夫婦の家へ入って行こうとしていないか確認してから五階まで行くから、と言った。

教授との電話を切るとすぐに、階下で「おおうっ」と大声がした。技師か教授のどちらかが、出会い頭にヤク中に襲われたのかもしれない。

大変だ。私は迷わず玄関を開け、表に飛び出そうとして愕然とした。なんということだ。

ドアを開けるとそこには、黒く濃い煙が壁のように立ちこめていたからである。視界はゼロ。キナ臭い。火事なのか。

ふと踊り場を見ると、六階のペルー人の付き添い婦がうつぶせに倒れている。今まで建物中のブザーを鳴らしていたのは、このペルー人だったのか。必死で各階を駆けずり回って、近隣に助けを乞うていたのだろう。うかうかしてはおれない。握っていた携帯電話で、大急ぎで今度は消防署を呼ぶ。

１１８。

速い。一回目の呼び出し音が鳴り終わったかどうかに、ただちに応答がある。

今しがた１１３に電話したばかりの者なのですが、通報内容の変更です。犯罪事件ではなくて、実は火事だったのです。いま燃えている最中です。パトカーの代わりに、消防車を至急お願いします。救急車も。

緊張と恐怖で舌が喉に巻き込まれるようだったが、電話口のテキパキした応答に誘導されるようにして、なんとか通報を終える。煙に巻かれて気絶している人の応急処置も、電話口の向こうから手早く指導してもらう。

まもなく一階の技師と四階の哲学者が、濡れタオルで口元を押さえゲホゲホと咳き込みながら、五階の踊り場まで上がってきてくれた。三階の老いた元裁判長までいっしょである。歩けない妻を一人で残したままで、大丈夫なのだろうか。

取る物も取りあえず寝間着の上からガウンやコートをひっかけて、しかし足下はスリッパのままという恰好で、わが建物の自衛団は全員集合した。

「昔、私はボーイスカウトだったんです」

まだ肩で大きく息をついている技師はそう言いながら、早速ペルー人付き添い婦の息を確かめてから胸元を緩めてやり、まだ煙の立ちこめていないわが家の中へそうっと引きずり入れる。

その手際の良さに感心していると、脇では哲学者が、

「ふむ。つまり、六階から火が出たわけですな。ならば階下に火の手が回るのは、遅いでしょう。皆さん、対策を熟考いたしましょう。ところで、この付き添い人がここで気絶しているとなると、六階の寝たきりのご婦人は、どこでどうなさっているのでしょうか」

それを聞いて元ボーイスカウトは弾かれたように立ち上がり、重く煙が立ちこめる踊り場へ飛び出してそのまま階上へ上って行こうとす

る。

「おっ、私もお手伝いいたしましょう」

八十六歳の破毀院が、ヨロヨロと後を追おうとする。

ちょっと皆、動かないで。救急隊が来るのを待って、ここはプロに任せましょう。

火事場で思いもかけず力強い男へ変身した三人の様子に、私は内心、仰天しながらも、自警団の出動を押しとどめる。三人の男たちは無念そうだが、やはり自分たちだけでは到底無理と思ったのだろう。皆、黙って腕組みをしたまま、玄関口に立ちつくしている。

そのとき階下が、急に騒がしくなった。ドドッという頑強そうな足音とともに数人の消防士が消火ホースを抱えて、階段を大変な勢いで駆け上がって来る。私たちの目の前を疾風のように上り抜け、六階に着いたかと思うと次の瞬間にはもう、一人は背後から酸素吸入道具を、その前を行くもう一人は寝たきりの老女を抱えて、再び駿足《しゅんそく》で下りて行くのだった。

疾風が駆け抜けていくような救助光景に茫然と釘付けになっていた私たちに向かって、階段を駆け下りながら消防士が、

「すでに鎮火していますが、室内へ入って待機していて」

怒鳴るように命じた。間もなく六階から大量の水が、階段を滝のようにザァーッと流れ落ちて来た。

「裁判長、さあ早く」

もたもたしていると、激流に足もとをすくわれてそのまま階下まで

流されかねない。哲学者が裁判長の手を引っぱり大急ぎで室内へ引き込むのと入れ替わるようにして、コンピューター技師は気絶しているペルー人を消防隊員に抱き渡した。自警団はこうして全員、わが家の中へ緊急避難した。

煤《すす》で真っ黒になった鼻の穴を膨らませ、深く深呼吸してから老裁判長は、

「神の審判が下るのを待ちましょう」

と、判決を下すように厳かに言った。

コンピューター技師を見ると、手には携帯電話とコンピューターのデータ記録用のメモリーキーを握りしめている。一階に残した妻にうちから電話をかけてコンピューターの無事を確認した後、「うまく電

話がつながった」と満足気である。

そうこうするうちに玄関のドアの隙間からは、煙を吸い込んだ黒い水が室内にじわじわと入ってくる。哲学教授はそれを凝視して、動かない。

扉の向こう側では引き続き、消防士たちの怒声と階段を上り下りする足音が響いている。しかし幸い小火《ぼや》程度だったらしく、どうやら避難せずにこのまま火事騒ぎは収まるようだった。

「不謹慎ですけどね、この煙の匂い、まるで燻製チップのようですな」

破毀院裁判長の老人がにやりと笑いながら、室内にまでうっすらと立ちこめている煙の中で呟いた。

「きっと、木製の本棚が燃えたに違いありません」

哲学教授は実に無念そうに頷きながら、玄関の隙間から流れ込んでくる黒い水を指差して見せた。そこには、焼け焦げた小さな印刷物の紙切れと木片がいくつも混じっていた。

同じ建物に住んでいても普段は滅多に顔を合わせることもないが、全員パジャマ姿でこうして揃うと、滑稽で親近感のわく光景だった。事態収拾を待つ間、コーヒーでも入れましょうか、というわけにもいかない。当然、ガスも電気も建物の元栓から閉められている。

即刻避難しなくても安全らしいとわかれば、こうして玄関で突っ立っていてもしかたないので奥の居間へ移り、窓から下の様子を見ようということになった。

階下には、消防車にかなり出遅れて到着したパトカーが見える。二台いる。緊急事態用なのだろうか、刺すような光線の照明がこちらに向かって放たれ、窓際に立つと目を開けていられないほどである。煌々《こうこう》と建物ごと照らし出されて、運河の上に灯るクリスマス電飾が霞んで見える。

冬の未明だというのに、辺りにはかなりの野次馬が集まっている。上を見上げて、おーいだいじょうぶかあ、と叫びながら私たちに向かって手を振る人もいる。警官たちは、増え続ける人垣を懸命に整理している。通りがかりの車の中には騒動をよく見ようとして、そのまま路上に一時停車する車もある。道は、人と車とで昼間よりもごった返している。六階の二人を乗せた救急車は出口を野次馬たちに塞がれてしまい、サイレンを鳴らしたまま立ち往生している。

コンピューター技師がぐっと身を乗り出すようにして下を見て、ズボンのポケットから携帯電話を取り出して、この騒ぎを撮影し始めた。

「コンピューターで編集して、インターネット上で報告します」

哲学教授は窓際へ椅子を持っていき、外からの明かりで、ガウンのポケットから本を出して一心不乱に読み始めた。裁判長はどうしたのかと見回すと、ソファーに深く座り背もたれに頭を乗せ、口を開けたまま鼾《いびき》をかいて気持ち良さそうに眠っている。

六時を回った頃に、救急車で運ばれていった六階の老女と付き添い人には、救急処置がよかったおかげで命に別状ない、という知らせが届いた。一階で待機していた技師の奥さんが、救急車に同乗して病院まで行ってくれたのである。

朗報が届いた直後に、消火にあたった隊員から避難解除の連絡があり、即席の自警団はようやく解散した。夜中に緊張した時間を過ごして疲れたものの、ご近所との間には独特な連帯感が生まれて、そのまま別れてしまうのは何となく名残惜しい気分だった。

「無事に火事を乗り越えたのですから、ぜひ皆でお祝いをしませんか」

翌日、珍しく四階の哲学教授がうちへやって来て、そう提案した。

いつもと何となく様子が違うと思ったら、本の代わりに猫を大事そうに抱いている。

「黒猫は、あなたの国では『除災招福』なのでしょう？」

と言って笑う。教授は昔、東洋哲学の研究の際にいろいろな宗教についても調べたことがあり、日本の厄を知った。『黒猫は厄よけに効く』。そう書物に書いてあった。教授の飼い猫は、黒である。

「厄のことなどすっかり忘れていたのですが、昨晩、この猫といっしょに五階まで上がろうとしたところ、玄関口からどうしても離れようとしなかったのです」

怖がりのはずの猫がいったいなぜ、と不思議に思いながらも自分だけ外へ出た。騒ぎが収まってからふと厄のことを思い出して、早速、資料を探し出して問題の件《くだり》をよく読み直してみると、『厄よけの黒猫は、玄関に置くと良い』と記してあったという。

「家内安全、平穏無事だったのは、この猫のおかげです」

目を細めて猫を撫でながら、教授は真顔でしみじみ言った。

まさかミラノで厄よけの話を、しかも哲学科の教授から聞こうなどとは思いもよらなかった。火事から厄。森羅万象、八百万《やおよろず》の神、か。猫の御利益《ごりやく》に感謝して、イタリアで祝宴するのもなかなかではないか。

さっそく皆に声を掛けてみる、と教授に約束した。


さて、住人全員が家族も連れて集まるには、誰かの家では手狭である。かといってピザ屋でも大テーブルでは間延びしてしまい歓談にならないし、第一ピザなど、あまりにありきたりではないか。ならば、少し日和がよくなるのを待って、この建物の屋上で市内の景色を眺めながら皆で乾杯する、というのはどうだろう。私たちの住む建物は、地区内で最も高い。以前、共同アンテナの設置工事に立ち会ったとき、屋上からの見晴らしの良さに驚いた。

建物の屋上というのは、そこに住む全員の共有空間である。玄関口も階段も廊下やエレベーター、中庭も、共有空間である。皆で利用し、皆で責任を分担する。居住者で頭割りして、清掃や修理費用を負担する。楽しい場所になるかどうかは、住人各自の品位と人間関係次第である。

集合住宅には、文句を言うのを生き甲斐にしているような住人がたいてい一人や二人はいるものである。きまりを守らない人もいる。些細なことが火種となって、隣人どうしの争いごとは絶えない。

犬がうるさい、赤ん坊が夜泣きする、椅子は引きずらないように、出入りする人が怪しげだ、シーツを干すとき階下まで垂らすな、パン屑を振り落とさないで、踊り場の自転車は邪魔、植木の水が垂れ落ちる、タマネギばかり炒めるな、など。

最初はごくたわいない不平不満でも、積もり積もるとエレベーターに乗り合わせても目すら合わせない、という陰湿な近隣関係へと悪化する。

眺めのすばらしいテラスのある家に住む友人がいる。皆の羨望の的である。上階の住人も例外ではなかった。友人がテラスで食事をするたびに、上の階ではバルコニーの掃除を始めるようになった。上からの土埃が、下のテラスの食卓を直撃する。

最初は管理人を介して、友人は丁寧に、しかし断固として上の住人の不注意を警告する。

二度目は、下から上へ向かって、大声で文句を言う。

三度目は、上の階まで強面《こわもて》の男友達などを伴って訪ね、開かないドアの前で声を高めて詰め寄る。無礼にもほどがある、出て来て謝りなさい。しばらく怒鳴ってみるものの、中からはうんともすんとも応答はない。

四度目には、友人は落とされたゴミをひとつ残らずかき集めて、上の階の玄関前へ全部返しに行った。

そして友人が家へ戻るや間髪入れず、たった今上へ返してきたばかりのゴミに生ゴミが追加されて、天から五度目の襲撃を受ける。

即、警察へ通報。「奥さん、何か起きないと出動できないのですよ。上の仕業だという確かな証拠、ありますか」

嫌がらせ、警察へ通報、を繰り返すが、結局パトカーは一度も来た例《ためし》がない。

出るとこ出ましょう。この三年間、上下間で延々と訴訟を繰り返している。

終わりのないいがみ合いに、笑うのはそれぞれの弁護士たちだけである。

ミラノは住民一人あたりの弁護士数が、欧州で最も多い。民事の弁護士の仕事の大半は、近所のもめ事の仲裁だという。数多い弁護士事務所がどこも繁盛しているということは、ミラノはご近所のもめ事で溢れる町、ということでもある。

幸いうちの建物では仲違いするような事件も起きなければ、過度なおせっかいもなく、つかず離れずの適度な近隣関係である。しかし昨晩の火事をきっかけに一気に住人間の距離感は縮まり、一つの大家族になったような空気が生まれている。


少し寒気が緩んで、いよいよ皆で乾杯する運びとなった。

朝、家の前にある公営市場へ食材の買い出しに行く。

まだ春には間があるものの、青果店の店頭にはすでにさまざまな種類の野菜や果物が並び賑々《にぎにぎ》しい。ジャガイモやタマネギ、ニンニク、ポロネギといった地味な根野菜は、店の奥の棚上に木箱に入れて置いてあり、寒い時期の厨房の名脇役ぶりを静かに主張している。

旬の真夏と比べるとさすがに量や勢いには欠けるものの、トマトも出始めている。この時期には、サルデーニャ島やシチリア島産の一口大の小さなトマトが主流である。緑がかった実はきりりと引き締まっていて、前歯でかじると硬めの皮を破って果汁がほとばしる。青く切なく甘酸っぱい。春を待ちわびる味である。想像して、思わず唾が湧く。そのまま何もつけずに生食でもいいし、一個二個、肉や魚と調理すれば、隠し味のような効果を楽しめる。

トマトの隣には、初物の菜の花が並んでいる。南部プーリア産の早咲きだ。薄黄色のつぼみのついた長い茎が、最前列に山積みにされている。つぼみごとさっとひと茹でしてからザクザクと小口切りにして、ニンニクと鷹の爪といっしょにたっぷりのオリーブオイルで炒める。火が通るや、黒いような緑色だった菜の花の茎や葉が、目の醒めるような緑色に変わる。見とれるような清々しい色で、長く寒く暗く湿気たミラノの冬の台所で、「冬来たりなば春遠からじ」と励まされる瞬間である。

「昨日オレも試しに食ってみたけどね、いやあ、うまかったな」

菜の花を見ながら、八百屋の店主が勧める。

「で、今晩は何か大切な客でもあるわけ？」

過日の火事騒動が無事に収まり、皆で集まって厄よけ御礼をすることになった、と一部始終を青果店の店頭で説明するまでもなし、曖昧に返事をするにとどめる。

それにしても、黙って品定めをしているのに、なぜかいつもこのアントニオにはこちらの事情が知れてしまう。そういえば先週、市役所から『ミラノで安全に暮らすために』という防犯の心構えを書いた通知が送られて来ていたのを思い出す。

〈市民の皆様へ
いくら近所の顔見知りとはいえ、気を許して私的な話を路上や店先などでしないように注意してください。誰が聞いているか見ているか、わかりません〉

というような注意が記してあった。

一日じゅう、誰とも話さずコンピューターと向き合っていて、息抜きも兼ねて出かける先がスーパーでは味気ない。バールへ寄り、個人商店へ買い物に行く。店主や同席する他の客と雑談していて、界隈の噂や耳寄りの情報に出くわすこともある。市場への買い物だからと、気は抜けない。玉手箱を開けるような気分で出かける。

運河沿いにあるこの公営市場には、青果店がいくつも軒を並べている。どの店も似たような品揃えでありながら、それぞれに常連がついていて、遜色なく繁盛している。掛かり付けの医者があるように、各人、行きつけの青果店に精肉店、乾物、パン、豚肉、乳製品や菓子屋と、各食材ごとに贔屓《ひいき》の店を決めている。そして多少のことでは、行きつけの店を変えたりしない。逆に、知らない店に飛び込みで入ろうものなら何を買わされるか、油断も隙もない。博打に等しい。

引っ越してきたばかりでまだ市場での買い物歴が浅かったある日、

私は一見《いちげん》の客として豚肉店へ入った。生ハム二百グラム、お願いします。

「あんたのため？」

店員の言った意味が瞬時わからず聞き返そうとしたそのとき、隣で自分の番を待っていた、東欧からの移民らしきおばさんがぐいと一歩私の前へ出て、

「なにさ、犬用にきまってるじゃないの、ねえ、奥さん！」

大声で、私の代わりに店員に言い返した。

あんたのためか、と店員が聞いたのは、私のことを誰かの遣いで買い物に来ていた使用人だと思い込み、〈あんたが食べるための生ハムなのか、それともご主人様用なのか〉と尋ねたつもりらしかった。東

欧のおばさんの言うことを聞いて、私はやっと意味に気がついた。

東欧のおばさんは、自分のことでもないのに相当に憤慨している。憮然として私の二の腕を摑み、その店の前から引き離すようにしてどんどん歩いていく。

「馬鹿にするなと怒るのは、時間の無駄。次からもうあの店に行かなければ、それで済むことだから」

鼻息荒く、そう言った。そうして私たちは二軒先のライバル店で、〈自分用〉においしい生ハムを買ったのである。


さて、いくら気の置けないご近所とはいえ、全員が初めて一堂に会する記念すべき集まりである。こういうとき、いったいどういう食卓を準備すればいいのだろう。集まる人たちの年代や出身地、生活習慣は、ばらばらである。

一階の通信工学技師の奥さんは、サルデーニャ島の人である。内陸の出身だそうだ。人間の数より羊の数が多い島である。島だからといって、魚介類が名物かというと、そうとも限らない。

「魚屋の前を通るだけで、気分が悪くなるのよ」

いつか市場で会ったとき、奥さんが顔をしかめていたのを思い出す。

二階の女子学生たちは、三人とも南から出てきている。南部では、オリーブオイルも濃ければ、味付けも濃い。肉にしろ野菜にしろ、大胆で迫力ある料理が多い。

三階の老夫婦は揃って生粋のミラノ人であるものの、高齢なので、歯が悪かったり塩分糖分脂肪分、といろいろ制限がありそうである。四階の教授。そもそも彼は、飲み食い自体に興味があるのだろうか。辞書でも破って食べているほうが、教授には合っている。

ミラノはイタリアのセンスと流行を代表する、粋で現代的な都会と思われている。しかし住民の大半は、仕事や学業などの理由で移住してきた地方出身のイタリア人や外国人である。地方出身の知人たちを見ていると、ミラノ暮らしが故郷時代よりも長くなっているのにもかかわらず、味覚はいまだに故郷のままという人が多い。斬新なようで、ミラノの現実はさまざまな地方の叙情に溢れている。奇をてらうように日本料理など用意してみたところで、かえって皆を戸惑わせるようなことにもなりかねない。

気取った料理を食べて何を繕うでなし、飾るでなし。どの人にも違和感がなく、肩の凝らない料理を用意することにしよう。

青果店の店主アントニオは、ナポリ出身である。毎週水曜には、空輸でわざわざナポリ近くの産地から、その朝できたばかりのモッツァレッラチーズを仕入れている。最初は、自分のためだった。今では、店の隠れた人気商品である。

隠れた、というのには理由がある。本業は青果である。販売許可を持っていない乳製品を店頭で売ってはならない。そこでアントニオは、野菜満載の商台の下に産地直送のチーズを隠し置き、ごく近しい客だけにこっそり売るのである。

「あるよ、今日。要る？」

一見の客がいないときを見計らって、アントニオがその商台の下方へ視線をちらりと泳がせながら、私に囁く。

そうね、じゃあ二玉ほどお願い。

ほとんど合い言葉である。

チーズ二玉で一キロ弱。外から見えないように、茶色の紙袋に白いチーズの入ったビニール袋をさっと入れ、すでに買った野菜の間に滑り込ませて、

「はいよ」

レシートには打ち込まれないチーズの代金と正規に買った野菜代を足した勘定を払って、客は急いで店から立ち去る。売ったのを見つかっても、買ったのを見つかっても、違反は違反。二人とも同罪である。

私服の税務警官が市場には頻繁に出没し、背後から突然、「奥さん、ちょっとレシートを見せて」など、抜き打ち検査をする。〈誰が聞いているか見ているか、わかりません〉。まったく市役所の言うとおりなのである。

危ない橋を渡って手に入れるチーズは、ことさらにおいしい。ぷりぷりと弾力ある食感。噛むとじゅうとほとばしり出るチーズの汁。下手なステーキなど、足下にも及ばない。南部出身の女子大生たちなら、この産直のおいしさをきっとわかってくれるに違いない。歯の悪い老人でも、これなら大丈夫。

「今日は、燻製チーズもあるよ」

アントニオが意味深に、にやりとそう言う。

「いやぁ、あれからずっとスモークチーズが食べたくてねえ」

老裁判長は、一口大に切ったチーズを妻の口にも入れてやりながら、実に満足そうである。屋外にはしばらく出ていない、という老妻も今晩ばかりは完全防寒の重装備で、車椅子に乗って屋上まで来ている。

「ミラノは、やはり冬に限るわねえ」

遠くに見えるドゥオーモの尖塔に黄金に輝く聖母の像を、感に堪えない表情で眺めている。聖母はミラノの働く女性の象徴で守り神なのだ、と以前この老妻から聞いたことがあった。颯爽とドゥオーモ広場を突っ切って薬品研究所に通う、老妻の若かりし頃を想像する。あの聖母も、消火に手を貸してくれたのだろうか。

冬空の下、火事のおかげでご近所たちと屋上に集まって、スモークサーモンを載せたトーストや切りピッツァやフォカッチャ、野菜の肉詰め料理などを、ミラノの夜景を眼下に食べる。ワインを飲む。サルデーニャから持って来た木の枝をアルコールに浸けて奥さんが作ったという、自家製ミルト酒も飲む。災い転じて福となす、か。

「集合住宅は、ノアの箱船みたいなものですよ。その屋上で皆で乾杯だなんて、これぞソシアルネットワークの原形です」

一階の通信工学技師が、モッツァレッラチーズを口一杯に頬張りながら、興奮して弁を飛ばしている。井戸を上に持ってきたようなものですね、と私が頷いたら、

「井戸だなんて、あんたも古いですな」

老裁判長にからかわれる。

これからも屋上でちょくちょく集まろうということになり、いつも家にいる私が屋上への鍵を預かることになった。

「これ、どうぞ」

哲学教授が首尾よくそっと差し出した名入りのキーホルダーには、〈黒猫クラブ〉と彫り込んであった。

ジーノの家

月曜の朝早く、キオスクで新聞を買う。全国紙と地方紙。一面三面飛ばして、最後のほうのページへ行く。不動産の告知広告の掲載紙面を見るためである。

毎日、売買・貸し借り・差し押さえの競売など、さまざまな物件情報が掲載されるが、月曜の朝に出る分は、その内容が新鮮で上質なのである。ミラノで周旋業を営む知人から、そう教えてもらった。どの新聞でもいいかというとそうでもなくて、全国紙の〈コリエレ・デッラ・セーラ〉でないといけない。そんなことはもちろんどこにも書かれていないものの、業界では周知の決まりごとで、「家や店舗を探すには、月曜の〈コリエレ〉に限る」ということになっているのだという。

今でこそインターネットで簡単に世界中の不動産について調べられるようになったものの、これまで家探しとなると、知人の伝手《つて》に頼るか、地元の不動産屋を回るか、または新聞などの告知広告を丹念に調べるしかなかった。

不動産屋というのはたいてい、全面ガラス張りの路面店の店先に、隙間無く物件情報を書いた紙が張ってあり、中の様子はまるで見えない。そのドアを開けて入って行くのは、かなりの勇気と決意がいるものである。

一年を通して曇天が多く、いったん冬が訪れようものなら半年もそのまま寒さが居残るミラノから引っ越そう、と決めた。そもそもイタリアのどこに暮らすにも、私の立場は異国からの移民のままである。ひとつの土地にさしたる思い入れや血縁の義理があるわけでもなし。ならばいっそ、そのときの気分にまかせ、各地を少しずつ巡り住むのも面白いのではないか。

ミラノからいきなり農地の真ん中へ、というような自然崇拝者でもないので、ほどほど都会の機能も備えつつあくせくしていない、地方の小ぢんまりした町を試してみようか。たとえばあのインペリアなど、どうだろう。年じゅう晴れだし、地方だし。しかも、海もあれば山もある。

早速、車を駆って、リグリア州インペリアへやって来た。

〈コリエレ・デッラ・セーラ〉ください。

そのまま浜の売店前のベンチに腰掛けて、新聞を繰る。

『海の見える窓あり』

『町の中心でありながら、静か』

『すばらしいパノラマ』

『住み手の個性を活かせる空間』

『中世時代の建物の最上階、屋根裏付き』

どこを読んでも、不安や恐怖など後ろ向きのことばかりを伝える新聞紙面で、不動産告知広告ほど楽しげで前向きなことばかりが並んでいる欄は他にない。

どれも実に良さげで、すぐにでも引っ越したくなる物件ばかり。欄のスペースは限られているため、間取りや価格を除くと、残りの記載情報は一行もしくは半行だけとごくわずかである。暗号さながらの短い説明には、貸し手の思いが端的に凝縮されている。俳句のようである。

各物件を見学する前からすでに、私は空想の世界へと飛ぶ。古い石造りの階段を上り下りする靴音。海面に反射する夕焼け。夜更けて人通りの途絶えた広場の静けさ。家の中から見えるさまざまな町の光景が、ありありと目の前に浮かんでくる。

こうしてはいられない。早速それぞれの家主に連絡を取って、下見の算段を整えた。


中には『仲介業者は絶対お断り』と貸し主が断り書きする告知もあるものの、物件の大半は業者によるものである。

「ああ、あの〈海の窓〉の家ですね。これからすぐにどうですか。大変な人気でして、おたくの前にすでにもう三人、予約取り消し待ちがおられますけどね」

愛想がいいのか傲慢なのか、電話口からはひどく馴れ馴れしい口調で、そう若くはないらしい女性が応対した。強いリグリア訛りを聞いて、何となく都落ちしたような気分になる。

それにしても、告知広告に出したその日の午前中に、しかも十時を少し回ったばかりだというのに、すでに三人も内見を済ませてしかも予約した、とは。貸し焦る店員の見え透いたはったりに、うんざりする。

そうですか、こちら予算も時間も十分にあるので、そんな大仰な家はややこしい。他をゆっくり探すことにします。それじゃ、どうも。

えっ、と電話の向こう側で一瞬息をのむ間があって、

「いえ、その、〈海の窓〉だけでなく、バルコニー付きのすばらしい

物件がたった今、貸しに出されたところでして。〈斜めに海が見える家〉。そちらをぜひ。ほんとお客さん、ツイていらっしゃること」

窓が駄目ならバルコニーが、電話を続けるうちに、砂浜の上、という物件まで出てきそうな勢いである。それではせっかくだから、とその〈バルコニー〉の家を見に行くことになった。もともと〈海の見える窓の家〉など、存在しなかったのかもしれない。客を釣るための撒き餌のような広告物件がある、と言うではないか。

こうしてまんまと釣られた私は、電話で言われた道順の通りに行く。浜から町を抜け、内陸へ向かう道を車で二十分。さらに蛇行する坂道を上ること、十五分。

そして私は今、山のてっぺんにいる。

周囲三百六十度、見渡す限り、何もない。あるのは、その家だけ。山頂、と言うと見晴らし抜群のようだが、茫々と茂る下草を従えた雑木林が視界を遮り、他に何も見えない。

雑木林と言うと自然に囲まれた良い環境のようだが、栗なのだか杉なのだか、種類もまちまちの手入れのされていない原始林で、枯れた木と藪が重なって見えるだけなのである。

その中に家はあった。ぽつんと。

住む人がいなくなってから、かなり時間が経っているようである。鎧戸《よろいど》の何枚かは蝶番《ちようつがい》が壊れていて、だらしなく垂れ下がっている。かつては白壁だったのだろうか。夏の間に屋根まで這い上っていたらしい野生の蔓草が、今は枯れてそのまま壁面にびっしりとへばりついたままになっている。惹句のバルコニーは、と探すと、ごく小さなものが一つあるのが見えた。

「さあ、どうぞどうぞ」

電気は止められていて、案内してくれた不動産屋が持ってきた懐中電灯を頼りに、暗闇へ足を踏み入れる。一歩ごとにミシミシと鳴る床は、いったいいつからこうして闇の中に放りおかれているのだろう。

埃臭い家の中へ進みながら、不動産屋は数ヶ所の雨戸を順々に開けていく。開いた窓から見えるのは、しかし、再びあのもの哀しい鼠色と茶色の、枯れた雑木林のみである。晴れているのに、暗い気持ちになる。何が悲しくて、インペリアまで来てこういう家に住まなければならないのか。

ところで、バルコニーはどうなりましたか。

「は、ただいま」

木で出来た階段を再びミシミシ軋ませながら、二人で階上へ行く。

「ちょっと、コツがありますんで」

不動産屋の女性はまず、バルコニーにつながる雨戸を開けてから、急いで室内へ戻り、次に向かい側に位置する浴室のドアを開け放って、洗面台前の鏡を指差して、嬉しそうに言った。

「あの、こちらにいらして。ここからこの鏡をご覧になると、ほら」

鏡の上のほうの角が、キラリと光る。その角には、海があった。三角形の、遠い、小さな海。

「それはあなたね、業界コードの解釈ができてない、っていうことよ」

三角形の海を眺めたあと、再びぐるぐる坂道を下りて海辺まで戻った私は、さっそくミラノの周旋屋の知人に電話をし、同業の姑息ぶりをなじった。そうしたら、告知広告には読み方があるのだ、と知人から逆に説教されたのである。

「『海の見える』がついた物件は、海辺の町だと当然〈人気物件〉。この謳い文句があるかないかで、価格は三割は変わるのよ。リグリアだとたぶん、『パノラマ』っていう物件もあるでしょ？」

もちろん、あります。これから見にいく物件が、『すばらしいパノラマ』。実に楽しみなんだけど、それが何か？

「ははは。駄目よ。それはリグリアの業界コードでは、〈山側の景色〉という意味で、つまり北向きの家ってこと。『静か』『こんなに町中』という告知文句も、目眩ましだから注意するように。静かで人通りが少ない、ということは、〈車で入れないような急斜面〉だったり〈細すぎる道〉や〈行き止まり〉という障害あり、もしくは〈周辺に怪しげな住人がいる〉というような意味だからね」

電話の向こう側から次々と流れてくる情報を押し黙って聞きながら、私は手元の新聞にせっかくつけた赤丸印をどんどん消していく。

「まあ、そうは言っても、中には宣伝文句通りの優良物件もあるかもしれないし。根気よく一応、全部見てくるといいわ」

『住み手の個性を生かせる空間』という謳い文句に自由な空気を感じて、ぜひ行ってみたいと思う。業界の知人ふうの論理で読み下せば、『住み手に個性がないと住みこなせない家』という意味にでもなるだろうか。ならば、受けて立とうではないか。

待ち合わせの場所に現れたのは、うだつのあがらない、という言葉をそのまま形にしたような五十過ぎの男だった。

大きな目、浅黒く、中肉中背のその男は、百歩譲って表現すれば、田舎のアル・パチーノ、というところか。こんにちは、と声をかけた。

ぎょろり。

申し訳程度に会釈だけして、その男は、ついて来て、というふうに手で私を招いて先に歩き出した。せめて自己紹介とか、ようこそ来てくれた、くらいの挨拶があってもよさそうなものだが、その家主は何も言わずに前を歩いていく。こちらは家を借りようかという店子の候補なのに、と心中むっとする。しかし、ここへ来るまでのバールや店先でのやりとりを思い返すと、どの人も口数が少なくとっつきにくかった。まるで必要以上に口を開くのは損、とでも言わんばかりだった。つれない態度は、無愛想というよりもむしろ、見知らぬ人には近づかないに限る、と警戒しているかのような印象だった。

インペリアの人は、猜疑心が強いのだろうか。同じ海の町でありながら、ナポリの明るく人懐っこい人たちとは対極をなす。

海は、外界との玄関口である。新しい世界から幸運を運んでくることもあれば、同時にさまざまな問題や弊害の侵入口でもある。古代ローマ時代からここインペリアは、海流のせいなのか、異教徒が流れ着いて来る地点だった。海からのトルコ人の度重なる襲撃を避けて、地元の人たちはひたすら内陸へ山の上へと逃避し住んだのだった。

今でこそ一等地となった海岸線一帯に広がる住宅街は、よって新興地である。歴史の古い集落は、海からはかなり離れた内陸奥地の山頂にある。あちこちの山頂にまるで鳥が巣を作ったかのように、山の尖頂を覆うように建つ古い町が見える。

「僕は、ジーノ。あなたと同じく、他所者《よそもの》です。五十年前に、生活に困った両親が南部から職を探して北上し、たまたまここへたどり着いた。故郷は南も南、イタリア半島さい果ての地のカラブリアで、名も無い貧村です。僕は一歳だった。弟はここで生まれて、以来こうして山にしがみついて暮らしてます」

五分ほど歩くと、道は舗装されていない急な坂道へと変わった。小石に足を取られないようにゆっくり歩きながら、男は後ろを振り向かずにぼそっと話した。不意に声をかけられて、しかも二言三言に彼の身の上が凝縮されていて、返答に詰まる。それでジーノさんのご職業は、と私は尋ねていた。われながら冴えない質問である。

ジーノは立ち止まって、初めてこちらを振り返り、

「無職です」

そう言ってから、照れたように少し笑った。笑顔は、悪くなかった。

家に着くまで並んで歩いて少し話そうではないか、という雰囲気になった。

「まったくひどい貧乏でね」

ジーノが訛のないきれいなイタリア語で話し始めたのは、意外だった。

「両親は、小学校も満足に出ていませんでした。だから北へ移住しても、できることなど知れていた。唯一、手慣れた農業をするにも、耕す土地がなければどうしようもない。着の身着のままで故郷を逃げるように出てきて、宿にも泊まれず、貸家などむろん論外。幸いにしてこの一帯は暖かいので、両親はあちこちで野宿を続けていたのです」

ちょっとすみません、と言って、内ポケットからジーノは煙草を取り出した。両切りの〈スーペル〉である。最高、というような意味。一番安くて、しかしざらりと荒い味わいの、煙草好きが好む国産ものである。

「僕がいなければ、あのまま家族揃って野垂れ死にだっただろうな。山間《やまあい》に住む土地持ちが乳飲み子の僕を哀れんで、自分のところのオリーブ栽培を手伝うよう、両親に声をかけてくれたのです。好きなように使っていい、と農具用の小屋も無償で与えてくれた。小屋といっても、柱と屋根だけで壁はない。父はあちこちから板きれや枝を拾ってきては普請して、冬が来る前に、親子三人がどうにか寝泊まりできる程度に手を入れたのでした」

ジーノの両親は、幼い彼を背負《しょ》い子に入れて急斜面を這い上っては下りして、オリーブの手入れを行った。オリーブの実の手摘み作業というのは、農作業のなかでも過酷なものの筆頭だった。足場の悪い斜面で、一人が木の枝を揺すり、もう一人が落ちてくる実を拾い集める。オリーブの実が、そしてそれを拾う自分自身も、山の下へ転がり落ちないように注意しながら、腰をかがめて作業する。一本揺すっては隣の一本へ。ひとつ拾い上げて、またひとつ。一斜面、終われば次の山へ。あまりに辛く地道な作業に音を上げて、木の下に網を張り巡らせて実が熟して自然に落下するのに任せる農家も多い。ジーノの両親は、ひとつでも多くの実を傷めないように丁寧に手で摘み、一リラでも多く稼ごうと、やみくもに働いた。

地主は、「こりゃ、ロバより働く」と驚いた。足場が悪いため、放ったらかしにしていた斜面の土地のいくつかを、ジーノの両親に「任せる」。痩せて日当たりも悪い場所で、どうせたいした収穫もないような土地ではあったが、文盲同様の両親にとっては、自力で手に入れた、異郷での初めての成果だった。

「母は、その土地にバジリコと花を植えました。花と言っても、バラのような華やかなものじゃない。葉ばかりが目立つような地味な常緑樹で、でも添えると主役の花が映えるような、そういう植木でした。針の先のようにとがった葉を持つその木は、水をやらなくても枯れることはなく、むしろどんどん増えました。バジリコを植えたのは、いざ貧すればそれを食べればいいからでした」

そこまで話したジーノから、「どうです」と煙草を勧められるが、遠慮する。道はさらに険しくなって、黙って歩いていても息が切れて、汗ばんできた。

「次の曲がり角まで行ったら、そこで一休みしましょうか」

ジーノは再び黙って、先を歩く。

よいしょ、と足を持ち上げるようにしてようやく坂を上りきり曲がり角に登りついてみると、眼下にはそれまでのオリーブ林から一転して、一面、海が広がっていた。思いがけない風景に、一瞬、息を吞む。

さあ、とジーノに顎で示された先には、腰掛けるのにちょうどいい岩があった。岩に座って、海を見下ろす。雲一つない秋晴れで、地平線には島の影が見えている。

「コルシカ島ですよ」

ふうーっ、と煙を吐く。〈旨いね、まったく〉。片目を瞬かせて、満足げなジーノ。スーペル、ですからね。

濃いニコチンの匂いが、下方からそよぎ上がってくる風が含む潮と混ざり、やがて独特な香りへと変わっていく。波立つ海面は見えても、音はここまで届かない。苦労して急な坂道を延々上ってきたかいがあったというものだ。

こういう眺めを目の当たりにすれば、たとえ野宿であろうが、壁がない掘っ建て小屋だろうが、そのままずっと留まっていたい気持ちになるのがわかる気がした。

人差し指と親指でつまみ持つようにして、指一本分ほどに短くなった煙草を口に寄せ、最後の一服を深く吸い込んでから、ジーノがつぶやいた。

「すぐそこに見えているというのに、泳ぎたくてもあの海まで連れていってくれる人がいない。幼い僕と弟は、この曲がり角に並んで前を向いて座って、一日じゅう、船長ごっこをして遊んだものです」

言われてみるとなるほど、視界に入るのは海と空と島だけであり、船首に座っているような錯覚にとらわれるのだった。

「土地があっても、余裕はない。暮らしぶりのひどさは、変わりませんでした。あるのは、お日様とあの海と坂道とバジリコだけ。弟が生まれるとき、下界の病院まで行くバス代もなく、産気づいた母だけをどうにかバスに乗せてもらい、父はその後ろを全速力で走っていった。一人で残された僕は、駆け下りていく父をここから見ながら、なんとも切なくてね。大きくなったらバスに乗れる人にきっとなろう、としばらくの間はそれが目標だった」

自嘲するように、いや照れ隠しなのか、そこでにっと笑ったジーノに、私は気の利いた相づちが返せず、何も言わずに笑って頷いた。

ジーノの両親が見捨てたカラブリアというところは、いつの時代にも世の中から置き去りにされて、今日に至っている。どんな凡庸で地味な土地でも、半島の長い歴史のなかで一度くらいは日の当たる時に恵まれたものである。ところがこのカラブリアだけは、歴史からも忘れ去られてきた。永遠に日陰の、誰の目にもとまらないイタリア。『キリストはエボリに留まりぬ』という小説がある。戦後発表されて、映画にもなった名作である。イタリア南部のエボリという村からさらに南へは、キリストでさえも進もうとはしなかった、というような意味で、発展を遂げた北部イタリアとは異なる、絶望的に貧しく不遇な南部の様子が描かれている。

カラブリアは、そのエボリよりもさらに南に位置している。

二本目の煙草に火をつけて、海を見ながらジーノは話す。

「カラブリアというところはね、雨が降れば洪水になり、降らなければ飲み水にも困る。草もはえない岩だらけの土地だから、灌漑施設など作っても無用の長物。政治家の出る幕もなし。たいした産業もないので、たいした町もなく、然るにたいした人もいない。鉄道も道もない。いくらきれいな海があろうが山があろうが、そこへたどり着くまでの道がなければ意味がない。農業するにも、耕作地どころか、そもそも土がないんじゃね。漁業？　陸揚げしたあと、道がない。どうやって売れというのです？　文化？　ふん、ないね、そんなたいそうなものは。聞くだけで、場違いな感じがする。

それならさっさと引っ越せばいいじゃないかって、思うでしょう。でも他所《よそ》へ行くにも、命がけの決心ですよ。カラブリアから出ていったからといって、どうなるか。何もないところで育って、何も知らない。そういう自分に、他所で何ができる。他所へ行っても悲惨なら、いっそこのまま残ったほうがましじゃないか、ってね」

岩に封じ込められたように、カラブリアの人たちは外界との接触を絶って内々だけで生きてきた。誰からも助けてもらえないので、誰にも頼らない。イタリア人の大半はカラブリアのことを知らないし、知らなくても損することは何もない。どうでもよい地。どうでもよい人たち。

カラブリア人もイタリアの他を知らないし、別に知ろうとは思わない。たとえ知っても、自分たちの生活はよくならない。

「父は強い訛《なまり》が残る口調で、『自分の出を一生、誇りに思え。しかし、もう二度とカラブリアには戻らない。外で一人で生き延びていくために、確かな仕事につけ』と僕らに繰り返しました。父が言う〈確かな仕事〉とは、公務員のことでした。そうして僕は、父親の望んだ通り、教師になった」

ジーノはそこで一服してから、「国語の、ね」とぼそりと付け加え、ふうーっと鼻から煙を吐き出した。

一歳でリグリアの内陸に移り住み、言葉を交わす相手といえば、カラブリア出身の小学校もろくろく出ていない両親と弟だけだったジーノが、その後国語の教師になるのに、どれほど苦労したのか想像に難くない。頑なで誇り高きカラブリアの両親譲りの訛を断ち切って、標準語で国語を教えるとき、ジーノはどういう気持ちだったのだろう。

戦後、復興の進んだ北イタリアを目指して、立ち後れた南部からは大勢が職探しのために移住した。たとえ北で工員として働いていても、明日はどうなるかわからない。南部には、勤めたくても会社がない。工場もない。どんなに不景気になっても、職を失う心配がない安心な仕事とは何か。南部出身者にとって、それは公務員だった。

「赴任先の小学校に行ってみると、教師から用務員までが南部出身者。用務員にいたっては、ほぼ全員がカラブリア人でした」

立ち上がって、じゃあ行きましょうか、と目で前方を指したジーノについて、再び坂道を上る。

「学校は、ここからほどないところにあってね。通勤にはバスに乗る必要がなかった。それが悔しくって。毎日、坂を下りては歩き、歩いては上る。その繰り返しでした」

二つ三つ曲がり角を越えたところで、ようやく平地に着いた。ごく狭い平地の真ん中に、ジーノの家はあった。

まるで子供が絵に描くような家だった。赤い三角屋根に、白いモルタルの壁。桟で四つに仕切られた真四角の窓。濃い青の玄関扉。とても小さな家。

道の後にも先にも、家はその一軒だけである。そこから少し上ったところで、私たちが上ってきた坂道は行き止まりになっていた。後ろは山、前は海。

ここですか。それにしても、すごい眺めですね。実にたいした景色だわ。

「家は、あのとおり。箱だけです。中に何のしきりもなし。ご覧の通り、壁と屋根だけです」

もしかして。

ええ、とジーノは頷いた。

「リグリアで僕に残ったのは、この家とバジリコと棘だらけの常緑樹の植わった花畑と、国語の教師の資格書だけです」
笑うでもなく、嘆くでもない。

ジーノの両親は、カラブリアを逃げ出した小作農のなかでは、出世頭となった。カラブリアとイタリアの所得最下位を競うリグリアで、そして吝嗇《けち》と頑固で有名なリグリア人から土地を無償で任されたという話を、同郷の出稼ぎ仲間たちは誰も信じなかった。オリーブの手入れをして地主から微々たる駄賃をもらい、任された痩せた狭い畑で育てた常緑樹を花市場で売っては小銭を得る。掘っ建て小屋を改装した家に家族で雑魚寝《ざこね》して住み、毎日バジリコの葉を潰してオリーブオイルと拾ってきた松の実を混ぜては、パスタに和えて食べた。オイルと小麦粉と塩は、教会が貧しい人々に配給してくれたのである。

十年一日の如く繰り返される、オリーブと上り坂と家、家と下り坂とオリーブという両親の様子を見ていた地主は、小屋と山頂の小さな畑を自分の生きているうちに贈与したい、と言ってきた。地主には子もなく妻にも先立たれていて、血縁は、不動産と農園を生前分与しろ、と群がり寄る顔も見たことがないような遠縁ばかり。自分が死んだら教会に寄付しようと思っていたが、服も買わず芝居にも行かず、戻る故郷もないジーノの一家を見ているうちに、気が変わった。煩わしいハエのような親戚に対して、あてつけの気持ちもあったのかもしれない。

坂道つきの小さな畑と家は、こうしてジーノ一家のものとなったのだった。

家に入ってみる。中に入ったのに、まるでまだ屋外にいるのかというような、まばゆい明るさだった。台所と浴室用のためだろう、水道管が見えた。

「電気も通っていますよ」

ジーノが上を指差した。見ると、道沿いに下方から、延々とこの家まで延びる一本の電線が見えた。外界と家をつなぐ、ただ一つの接点。風になびいて揺れる電線は、何とも頼りない様子だった。揺れる電線を見ているうちに、ジーノの家をこのまま放っておけないような、いたたまれない気持ちになった。

私が借ります。

急な坂道はどうする。書類や本、家具をここまでどう運ぶのか。果たして、電話はつながるのだろうか。どうする。

「それじゃ、あとでまた。あの、どうもありがとう……」

諸々の心配ごとが私の頭をよぎったのは、坂下まで降りて照れたように礼を言うジーノと別れて、しばらくしてからだった。

しくじった、かな。しかし、いまさら後悔してももう遅い。

なぜそんな不便な家を借りることを即決したのか。一方的に訥々《とつとつ》と続いた独り語りを聞くうちに、ジーノに酔ったとしか思えない。酔いが醒めた今、ジーノからもらった鍵を片手に坂を上り直し、私は再び山頂で家と向き合った。

ふと玄関扉の脇を見ると、壁面に赤やオレンジ、黄色の花が数本描かれている。花の上には白い蝶々が飛んでいる。誰が描いたのだろう。手慣れた筆使いの絵だったが、描かれてからずいぶん時間が経っているのだろう、花の色はすっかり褪せていて、きれいに塗装してある他の壁に挟まれて、いっそうくすんでさみしい花に見えた。


「すみません。あれだけは、どうも消せなくて。この間まであの家に住んでいた人が描いたのです。ステファニア。もうリグリアには戻ってこない」

賃貸契約書やら敷金を渡すために、夕刻に浜辺の売店で待ち合わせしたジーノに、花の絵のことを問うと、あらぬ方を向いてそう言った。

十月だというのにまだ外気が十分心地よい浜には、波打ち際までテーブルが並んでいる。

夕凪《ゆうなぎ》か、風はない。

「ジーノじゃないか。元気か」

売店の奥から店長らしき男が首を突き出すようにして、挨拶する。

強い、カラブリアの訛。

「やあ。今度、うちを借りていただくことになって」

店長はカウンターから嬉しそうに出てきて、どうも、と私の隣に座った。客は、私たちの他に誰もいない。

「〈うち〉って、ステファニアの住んでいた、あの山の上の家のこと？」

ジーノはうんと頷き、カンパリソーダをごくりと飲んで、そのまま何も言わない。

そのステファニアさんというかた、画家だったのですか。

「えっ？　ああ、まあね。ジーノの弟の嫁さんだったんだけど、いろいろあってね」

ジーノはシャツのポケットから、〈スーペル〉を一本取り出す。カラブリア男は揃って冴えない顔つきで、この様子なら、〈スーペル〉あと二、三本分は沈黙が続きそうである。

では私にも、カンパリ、お願いします。白の発泡ワインで割ってください。

それからしばらく、私たちはそれぞれに無言のまま、潮の引いた海を前にして座っていた。

「僕と弟は仲が良かった」

ジーノは、三本目を吸いながら、話し出した。

「なにせあんなところが家ですから、近所に友達がいるわけでもなし。貧乏だったせいか、学校でも相手にされない。兄弟しか遊び相手がいないので、結束は実に固かった。

僕が教師になった頃、弟は農作業を手伝いながら簿記の学校に通っていました。『たとえ他人の金でも、勘定してみたい』なんて言ってね。通学用にと、僕は月賦でバイクを買ってやりました。喜んだのなんの。さっそく乗って出かけていった。雨の夜の交通事故でした……」

売店の店長は、やりきれないという顔をして立ち上がり、こちらに背を向けて海を見ている。

いくら店子となったとはいえ、ジーノと私は今朝初めて会ったばかりの赤の他人である。季節外れの侘しい海辺のせいなのか。私が地元とは関係がない外国人で、気が緩んだのか。カンパリに酔ったのか。

ジーノの人生など、私には関係のない話を聞かされて面倒な気持ちになる一方、見知らぬ人の過去に次第に入りこんでいくのは、また蜜の味でもあった。

もうやめとけ、というふうにジーノの肩に手を置いて、売店の店長があとを続けた。

「奇跡的に助かったジーノの弟は、僕と高校の同級でね。訛が縁で付き合うようになった。その事故の後、彼は坂道を往来するのが無理な体になり、山上の家を出た。で、この店を手伝ってもらうことになったのです」

私は、あらためて浜を見渡す。

水際までの幅が狭い海岸が多いリグリアには珍しく、ここはけっこうな広さである。秋の今でこそ閑散としているが、夏にはこの広い浜も人でごった返すのだろう。毎年、学校が終わる六月になるとリグリアの海は、仕事のある親をミラノやトリノに残して、祖父母に連れられて一足先の夏休みにやってくる子供たちで溢れかえる。近場で、しかもお手頃な海水浴の名所なのだった。

「あの年ステファニアは、この浜で夏休みを過ごしていた。小学校に上がる前の二人の子持ちなのに、人混みでも目立つ美しい人でした」

アイスクリーム一個ください。パニーニはハムとチーズでお願いね。コカ・コーラ三本。あら、あなたリグリアじゃないの？　少し言葉が違うみたい。え、カラブリアですって？　私はミラノ。でも、もう帰らないかも。もう帰りたくない……。

「ならばうちへくればいい、と店頭にいたジーノの弟は言い、その翌日から二人は彼女の連れ子二人といっしょに暮らし始めたのです」

昼間、山の上の家で見た壁の花が、くすんだ色のまま目の前に浮かんできた。

夏の浜辺の売店から得る収入は、四人で暮らしていくにには吹けば飛ぶようなものだったに違いない。しかしどれだけ不安定な生活でも、他人と交流のない環境で育った弟にとって、ステファニアとの生活は初めて触れる外気で、どれほど新鮮で甘い味だっただろうか。

「夏の浜で、噂が広まるのは速い。二人は、ビーチパラソルの下の恰好の話題となった。ステファニアには独特の魅力があって、どこか気取って冷たいところがあるかと思えば、打って変わってそのとき浜にいる人全員にコーヒーを振る舞ったりする。そのあっけらかんとした喜怒哀楽ぶりに、皆、すっかり魂を奪われてしまったのですよ」

そう言って、店長は、カンパリのお代わりを作りに店のほうへ戻って行った。

自分の感情の起伏を表に出すなど、カラブリアの親と男兄弟だけの山暮らしでは考えられないことだっただろう。いや、そもそも感情の起伏すら、ジーノ一家には存在しなかったのではないか。

二杯目のカンパリを飲み干してから、黙っていたジーノがまた口を開いた。ぎょろりとした目元は赤く、その目の奥は据っている。

「僕は相変わらず淡々と国語を教え、弟は浮き浮きとアイスクリームを売った。夏が終わっても、ステファニアはミラノには戻りませんでした。アイスクリームがやがて焼き栗になり、栗がホットチョコレートになった頃ステファニアが、『ねえジーノ、これからは私が棘付きの緑の植木を育てて、市場へ売りに行く』と申し出たのです」

ステファニアは下界に恋人を残して、毎日坂道を上がってくるようになった。

「毎朝僕は、自分が坂を下りて行く時間と彼女が坂を上って来る時間がどうかうまく長く重なりますように、と祈りました。バス通勤でなくてよかった、とそのとき初めて思いましたよ。皮肉なものです」

横恋慕。ならばいっそ教職を辞めて、ステファニアといっしょに花の栽培をすればよかったのに。空腹に立て続けに飲んだ二杯のカンパリのせいで、余計なことを言ってしまう。

「弟の最初の恋人ですからね、ステファニアは。それに、『どんなことがあっても、確かな仕事』である教職を、簡単に捨てるわけにはいかないし」

そこまで言って、ジーノは目をつむった。海岸は暮れ始めて、海風が肌寒い。

「このあと、ドミニカ諸島にでも行ってみるつもりです。世界じゅうから、人生を放り投げたような奴らが移り住んでいるらしいんでね」

ジーノは自嘲するような調子で言い、握りつぶした〈スーペル〉の空箱を海に向かって投げた。


インペリアに住むようになって、数ヶ月経った。

毎日通いなれると山頂までの道も、さほど大変ではない。心配していた引っ越しも、ジーノに相談すると、「仕事がなくてウロウロしている連中がいるから」と言い、ミラノからトラックが着いた日、麓で男性三人と待っていてくれた。ジーノは三人に向かって何か指示をしたようだったが、さっぱりわからなかった。強いカラブリア訛だったからだ。

毎日おおよそ決まった時間に山と海を往来するうち、道沿いで会うご近所ができた。ジーノの両親とおなじく、オリーブ農園へ働きに行く農家の人たちだったり、花市場から仕入れを終えて町へ花を売りにいく花商人だったりした。ミラノからいらしたって？　まあ、あのジーノの家を借りてらっしゃるの。へえ、そうなの。

ジーノの家を知らない人はなかった。私がその家に住んでいることがわかると、皆一様にふうんと言ったまま少し考え込むような顔になって、そこから先、ジーノについての話が続くことはなかった。たまたま近所の農家の若いお嫁さんとバールのカウンターで並び合せたとき、ステファニアのことを知っていたかどうか、思い切って聞いてみた。

ちょっと戸惑ったような顔をしながらも、実は話したくてたまらなかったことだったようで、「ちょっと座って話しましょうよ」と奥のテーブル席まで私を引っ張って行った。

「あの年は、浜じゅうがステファニアにのぼせ上がってしまって。冬になると、得意の絵心を発揮して金粉銀粉で飾り付け、あの使い途のない棘だらけの葉を見事なクリスマス用のリースにしてみせたのよ、ステファニアは。センス抜群だった。

私らなんて田舎者でしょ、刈り入れた花や植木、枝というのは、色や香りはさておいてまず、紐で括りまとめていくらで卸売りするもの、と思ってた。ステファニアのリースを見て、『さすがミラノの人は違う』と感心したわ」

リースを卸すなり売れに売れて、老いたジーノの両親は、「とうとう棘も役に立つ日が来た」と喜んだという。

黒いジーンズに黒のトレーナー。坂道と畑には、運動靴で十分よ。長く伸ばした髪を手早く後ろで束ねるだけだったステファニアが、正月明けの頃から、薄化粧をするようになった。浜沿いに噂が伝わるのは、速かったろう。

お洒落をしたのは、ジーノの弟のためではなかった。
ステファニアは季節ごとに飾りを変えて小粋な花束を作り、ますますの人気を呼んだ。リグリアには、春が他より一足早く訪れる。早春に、楽しげな花束をたくさん積んで、ステファニアはいつもと同じように元気いっぱいで花市場へと出かけていった。そしてそのまま、山頂の花畑にも、浜の家にも、二度と戻ってくることはなかったのである。

その農家の嫁が脚色もおおげさに、ステファニアが町の外で新しい恋に落ちたいきさつを話すのを聞くうちに、私は次第に息苦しくなり、早くバールの外へ出たいと思った。広い海を前にしても、そのときのジーノの凝縮した想い、売店に一人残されたジーノの弟の空虚感を想像すると、やりきれなかった。

「ある日ジーノの弟は足を引きずり、もしかしたら戻って来るかもしれないステファニアに会うために、山の上の家まで上って行ったの。何時間かかったか。途中からは這って上ったようで、家の前で倒れているのが見つかったとき、服は泥だらけですり切れていたのですって」

花が描かれた玄関前で、ジーノの弟は息絶えていた。心臓麻痺だった。

老いた両親は花が枯れるように、弟がいなくなった直後、次々と他界した。

「『やっぱり棘に刺されたなあ』そう言って、ジーノのお母さんは泣いてたわ」

誰も助けてくれない。だから誰もあてにしない。

「これは秘密だけどね、不幸が続いた後ジーノが繰り上げ定年退職をしたのは、自らあの木の棘で両目を突いて、『教職を続けるのは無理』というでっち上げの診断書を医者に書いてもらったからなんだって」

だからカラブリア出身は信用できないのよ、と顔をしかめてその嫁は付け加えて話を締めくくり、私たちは海の前で別れた。

ジーノは父の望んだ通り、確かな仕事から確かな年金を手にしたが、リグリアにもカラブリアにも、一人きりになった彼が戻ろうと思う場所はもうなかった。

山の上の家から、地べたに這いつくばるようにして一生を終えた両親の思い出――といってもごくわずかな衣類とカラブリアから持ってきた十字架だけだったが――を処分して、ステファニアの置いていった絵の具や筆を捨て、壁のひび割れを塗り込め、ペンキを塗り替え、窓ガラスを磨いて、家の歴史をすべて消して、赤の他人に貸すことにしたのである。白紙に戻した、『住み手の個性を生かせる家』を。

『家と海はどうですか。僕は、ここでアイスクリームでも売って暮らそうかと思っている。家を借りてくれて、ありがとう。ジーノ』

カリブ海から絵はがきが着いたのは、ちょうど海開きを翌週に控えた頃だった。

犬の身代金

犬がうちにいなかった頃はどういう毎日だったのか、もうよく思い出せない。

犬と暮らすうちに、出かける時間も、歩く道も、会う人も、足を止める場所も、それ以前とはすっかり変わってしまった。一人だった頃は気が付かなかった風景が、たとえば公園の砂利道の霜や木の下に立つ蚊柱などが目に留まるようになって、こちらの嗅覚や視界まで鋭くなり、住む世界が広がったような錯覚を覚える。

以前ミラノの不穏な地区へ出かけようとしていたとき、女一人では目立つし危ないので犬でも連れていくといい、と勧められたことがあった。あの日、治安の悪い一帯を歩いていくうち怖じ気づいて、連れていた犬と目を見合わせたときの連帯感は強烈だった。頼れるのはお互いだけ、と瞬時に得た相互の信頼感は格別で、危ない散歩を終えて犬を飼い主に返しに行った帰路、犬を飼おうと決めた。

犬好きは、思いのほか大勢いた。

飼いたいのだけれど。ふとそう周囲に漏らしたとたん、あちこちから犬探しについての助言が届いた。

「まさか血統書つきなど、考えているのではないでしょうね」

犬はお金で買うものではない、とその人は電話の向こうで大いに憤慨している。そのつもりはないけれど、と私が応じると、「ならば、私がふさわしい犬を探してきてあげる」と、まるで自分が犬を飼うように張り切って言う。

庭もないミラノの家の中で飼うので小型か中型でないとね、やはり、とおずおずこちらの希望を付け加えたところ、

「捨て犬や貰われ先を待っている犬に、大きいも小さいも、メスもオスもないでしょうが！」

と叱られる。

そして一週間も経たないうちに、まかせて、と言ったその友人から電話があった。

「昨日生まれたばかりの犬が、四匹。明日の午後、行って、見て、決めて来て」

取り付けてくれた約束の時間と場所を告げ、そんな藪から棒に言われても、とうろたえる私に、「絶対に気に入るから」と、友人は電話を切った。

子犬探しに際して友人はまず、公園に近くて、品の良さそうな住宅街を選び出し、さらにその中からこれぞと思うマンション数棟に目星を付けてから、その管理人たちを順々に訪ねて、

「このマンションの住人で、犬を飼っていて、子犬が生まれそうなところがあれば、すぐにご一報ください」

と頼んで回ったのだという。

公園に近いところなら、犬を飼っている人も多いだろう。

品が良い住宅地区なら、粗暴な犬も飼い主も少ないのではないか。

運が良ければ、由緒正しき子犬も見つかるかもしれない。

張り紙では、当てにならない。

噂話と世話焼き、そして駄賃に目がない管理人たちに直に頼めば、子犬情報は、速く確実に手に入るはず。

友人は、そう考えたのである。

私は大いに感心して、言われた通りに約束の場所へ行った。小学校だった。子犬を生んだのは、用務員の飼い犬だった。

「母犬も父犬も、うちの犬ですから」

放課後の学校を訪ねると、用務員のジョヴァンナは、さっそく親犬と子犬が待つ家へと案内してくれた。学校の中に、彼女の家はあった。

「さあ、どうぞ」

正門をくぐって校舎に入り、廊下をしばらく歩くと行き止まりになっていて、その先にあるドアを開けると、そこから先がジョヴァンナの家なのだった。

一歩入るなり、黒い犬が吠えかかる。

「父です」

二歩ほど進むと、茶色の犬が唸る。

「母です」

いらっしゃーい、と小学校低学年の男の子が二人、床に這いつくばったまま顔だけ上げてこちらを向き、声を張り上げて挨拶した。

そこにいる、の？

兄のほうが、ほら、と一匹つまみ上げて自分の手の上に乗せ、こちらに子犬を見せてくれる。

それは、灰色とも茶色とも、何色とも形容しがたい、切なくて暗い色をした、運河でよく見るドブ鼠そっくりの生き物だった。

親は丈夫そうだが二匹ともまぎれもない雑種で、子犬が成長したらどういうふうになるのか、どのくらい大きくなるのか、そのツルツルした黒っぽい生き物の様子からは、まったく見当もつかなかった。

四匹のうち三匹はすでに、貰われ先が決まったという。

「こいつ、きっと大きくなるよ。ライオンみたいにでかくて強くなるように、〈レオン〉っていう名前にしたらどう？」

こうして、純雑種レオンはうちへ引き取られることになった。

犬が来て、生活は一変した。

ミラノの冬が、連日雨であることを忘れていた。十月から、朝の気温が零度近くに下がることも、忘れていた。

犬はところが、散歩を忘れない。そして犬は、早起きである。

まだ真っ暗な冬の朝、目をつむったまま、とりあえず手に触る洋服を摑んで纏《まと》い、帽子を深く被り、鼻下までマフラーを巻き上げ、外に出る。犬と出る。幸い公園は目前の広場を渡ったすぐ先にあり、行って帰って、二十分もあれば用は済むのだった。

どんな天候でも、どんな体調でも、いつも犬は散歩を待っている。

散歩の時間は次第に定刻となり、たとえ早朝でも公園に行けば、誰かしら犬連れに会うと知った。バールにしろ公園にしろ、無作為に人に会うような場でありながら、通う時間帯が決まると、出会う顔ぶれが決まってくるのが面白かった。バールのコーヒー仲間も公園の犬仲間も、ご近所、ということでは変わりない。

自分がどういう恰好で歩いているのか、そういうことを考える余裕なく家を出て来ている。いくら顔見知りになったとはいえ、立ち話などしてこちらの風体をじっくり見せるわけにはいかない。最初は会釈だけだったのが、そのうち互いの犬の名前を尋ね合うようになる。年齢も聞いたりする、犬の。犬種や出生地なども問う。レオンは、成長してからシャンパン色になっていて、珍しいのか、必ず犬種を問われる。雑種と答えるのも愛想がないように思え、シヴェリアン・シャイアーです、などとありもしない名前を言ってみる。

「ふうむ、聞いたこともない。さぞ稀《まれ》なのでしょうねえ」

私は黙って、自慢げに笑い返す。気がつくと、それぞれ起き抜けの恰好のまま、すっかり話し込んでいるのだった。

朝の散歩を重ねるうちに、飼い主の多くが自分の犬しか見ていないことに気づく。二言三言交わしながら相手の犬を見やると、姿恰好から仕草までが飼い主とそっくりなのだった。

辛い冬が明ける頃には、いつも顔を合わせる五人揃って、散歩帰りに朝刊を買いそのままバールへ寄る、というのが日課になっていた。

男性三人、女性二人。職業も年齢も趣味も出身もばらばらで、全く接点がない五人は、犬という共通項だけで、朝一杯目のコーヒーを共に飲む仲となった。

飼い主自身すら閉口するほど散歩で泥まみれになった犬を、しかも五匹も引き連れて、開きたて、掃除したてのバールに入る。

早朝番には、店主ではなく雇われの若者がカウンターの向こうにいる。

帽子やらマフラーですっかり着膨れした正体不明の恰好で、五人、わらわらと汚い犬を連れて入る。コーヒー一杯だけの客なのに、その若者は厭な顔ひとつしない。文句を言うどころか朝日のような笑顔で、おはようございます、と実に清々しい。

「はい、ご苦労さん」

五人のうち最も犬歴の長い女性パトリツィアが、五ユーロ紙幣を丸めてその若いバールマンの前掛けのポケットに、絶妙のタイミングで入れる。

「悪いっすねえ、いつも」

こうしてまた翌朝も、どんな犬を連れていこうが、どんななりで入ろうが、笑顔とともにコーヒーが出されるのである。

保健所の通達で、動物は飲食店には連れて入ってはならない。他の客の手前もあるので、私たちは静かに店の奥まで入り、大急ぎで犬を足下に追い込んで、テーブルに着く。五人のうち二人だけがまっとうな勤め人で、私を含む残り三人は出勤時間がない自由業だ。

勤める二人の時間に合わせて、十五分だけ座る。

雑談には暗黙の了解がある。それぞれの私生活には立ち入らない。仕事の話もしない。恋愛関連の話題など、論外である。政治や宗教の話は、公園脇の教会の司祭がミサ明けに熱心な信者を伴ってバールに入って来るときだけ、バチカンへの不満など聞こえよがしにぶつぶつ言ってみせる程度で、左であろうが右であろうがどうでもいい。そもそも起き抜けから時事放談など、品がない。

それでもコーヒーを重ねるうちに、各人各様の事情がぼんやりとわかってくるのだった。尋ねられないままにも、自ら小出しに身の上を話す人あり。あえてある話題に及ぶと話を逸らすので、まさにそれこそがその人の秘密の核心らしい、とわかったりする。とりとめのない雑談のようでありながら、実は無意識のうちに互いを詮索するような、微妙なやりとりになる。五匹の犬たちはテーブルの下で鼻を突き合わせ、じっとコーヒーが終わるのを待っている。コーヒー代は、有無を言わせず、男性三人が持ち回りでご馳走してくれる。

遠慮なく会計は男性に任せ、パトリツィアと私は、入って飲んでしゃべって出るだけ、を繰り返す。

いったんバールの外に出ると、五方向に分かれて、そこから五人それぞれの一日が始まる。ご近所なので、ときたま町中でばったり会うこともあるものの、じゃあコーヒーでも、とはならない。あるいは、わざわざ約束してまで、会ったりはしない。あら、やあ、また明朝ね、さよなら。

公園と界隈の犬事情を長らく総括している、女王パトリツィアはともかくとしても、新参の私にはバールの若者に恰好良くチップをやれるほどの品格があるわけでもなく、かといってこのままコーヒー代を世話になり続けるのも気が引けた。

どのように返礼すればよいだろう。

ドッグフードか犬用シャンプーでも贈ろうか。しかしそれではいかにも凡庸である。形ばかりにこだわっていて、真心に欠けるかも。

五人組の最年長は、建築家のニコラである。建築家と言っても、この数十年で設計図を引いたのは、自宅の風呂場の改築のときだけ、と言う。長年、銀行の貸し付け課と業務契約していて、不動産を買うためにローンを申し込む客があると、その銀行からお呼びがかかって、対象物件の査定をする。それが、ニコラの仕事だった。

ニコラが銀行へ呼ばれて行く日は、すぐにわかった。いつもならトレーニングウエアの上下なのが、ネクタイにスーツで隙なくきめて公園へ来るからである。しかしほぼ毎朝、数着のトレーニングウエアを着回して現れるところを見ると、結構、暇なのだろう。不動産の鑑定がないときは、朝から晩までコンピューターに張り付いているそうで、やれ掘り出しものの中古自動車を見つけただの、外国製の珍しいサーフィンボードを購入しただの、コーヒーを飲みながら得意げに話している。実は愛犬もネットで見つけて、わざわざミラノからシチリア島まで捨て犬を引き取りに行ったらしい。

あと二人の男性は、マルコとブルーノ。同じ三十八歳で人生ここまで異なるのか、というほどこの二人に接点はない。

マルコは機械技師だが、最近スイス系の勤め先から突然、解雇を言い渡された。それは大変だ訴訟だ、とコーヒーを飲みながら皆が同情し憤慨していると、

「これを機に自営となり、工場機械の設計などして特許でも取ろうかと思う」

とのんびりと言い、

「事務所用にアパートも買った」

隣で、同い年のブルーノはコーヒーをぐいと飲み干し、苦いな、と顔をしかめている。バールでの見栄話なのかというと、そうでもない

らしい。学校へ通う子がいるというのに焦って仕事を探すふうでもなく、マルコはのんびりしている。

　これからどこかへ出勤するわけでもないのに、どんなに朝早かろうが、どれほど横殴りの雨が降っていようが、マルコはプレスの利いたズボンに粋な替え上着を合わせ、磨き上げた革製のスニーカーで公園にやってくる。マルコが悠々自適なのは、彼がミラノでかなり知られた資産家の子息だから、と界隈の事情に精通しているパトリツィアがこっそり教えてくれた。

「しかも奥さんは、八歳年上だって」

　パトリツィアは、大手新聞社ミラノ支局の総務に勤めているのである。

ブルーノは、独り者である。経済学部を出た後、一年間バイトしながらスペイン各地を放浪し、イタリアに戻ってからもそのまま旅する青年を続けているうちに、気づいたら臨時雇用のくたびれた中年男になっていた。派遣は真っ先に首切りされる立場にあって、毎日ブルーノは気が気でない。早足で公園へ向かい、途中ののんびり歩いているマルコを追い越し、飛ぶように犬と公園を一周して、やっと公園の入り口に着いたマルコを引きずるようにしてバールへやってくる。

「あと二十分以内に、会社に行かなくちゃ」

バイク便が、ブルーノの今の仕事である。

あの皆さん、朝から何ですが、うちで天ぷらなどいかがでしょう。

ある朝いつもの奥まった席で、皆を夕食に誘ってみる。派手な歓声をあげて、四人は一斉に立ち上がる。皆に喜んでもらえたのはよかったが、テーブルの下で待機している五匹の犬のことを、そのとき私はすっかり忘れていた。

「こんばんは」

玄関を開けるとそこには、大きく微笑む女王パトリッツィアを最前列に、勢揃いした一族郎党が後ろに控えていた。私はすっかり度肝を抜かれて、挨拶もろくにせずにそのまま皆の姿に目を見張った。

犬の散歩用のどうでもよい普段着姿を見慣れていたので、まさかうちでの夕食ごときに、皆が正装して来るとは思いもよらなかったからである。

ハイヒール。セットしたての髪。深紅の口紅。絹のポケットチーフ。揺れて輝くイアリング。帽子。香り立つオーデコロン。

気合いの入った恰好の飼い主の背後には、もちろん四匹の犬たちもずらり。すでに焦《じ》れて、低く唸り始めている。全員、犬連れでやってくるなんて。

犬が五匹。ヒト九人。

かつて警官二人を自宅へ招待したとき、ともに食事をするとこうも打ち解けるのか、と目から鱗の落ちる経験をした。一口ごとに、建前の皮が一枚二枚と剝がれていくのが見えるようだった。食べては剝ぎ、剝いでは核心に近づき、食事が終わる頃にはすっかり心が通い合い、肩でも組みたいような気分になっていた。

厳しい警官が相手でも、あそこまで親しくなったのだ。すでに顔見知りの犬仲間ならさぞ食卓は盛り上がり、以後の友情はどれほど堅牢になることか。朝十五分のコーヒー時間はまるで早口のラジオ番組のようだが、連れも含めて全員集まっての食事となると、映画とまではいかなくともテレビドラマくらいには発展するのではないかと期待する。

飼い主たちが家に入り、コートを脱いだり持参の土産を渡すのを合図に、放し飼いの五匹の犬はついに家じゅうを嗅ぎ回り出した。

「さあ、飲み頃に冷えてるから」

パトリツィアは、大きな紙袋から一・五リットル瓶のワインを出す。

定年間近の彼女は、声も大きく体軀もふくよかだ。海千山千の前線記者や警察番とも、丁々発止で意見を交わす。言いたいことは、正面切って言う。仕事でも公園でも、何事にもたじろがず、そして懐も広い。彼女の犬は、ジャーマン・シェパード。五人組の犬のなかで唯一、血統書付きである。

「〈マグナム〉っていうのよ、これ。でかいでしょ」

栓抜きしたのは、パトリツィアの夫である。パトリツィアが雄弁な分、彼は無口で、マグナムを脇に置き手酌でひたすら飲み続けている。今晩の二人は、まぶしい黄色のセーターのペアルックである。

「私らの年はね、〈高校の裏口、博物館の玄関〉よ。いい年して若作りしたり、必要以上に老け込むのは御法度ってこと」

「僕のお土産は、ニュースです」

今日こそは自分が主役、とばかりに満面の笑みで独身中年ブルーノが宣言しながら、食卓の真ん中に大きな紙箱をどんと置く。

「わあ、チキンだ！」

舌なめずりして、マルコの小学生の娘が叫ぶ。舌なめずりして、五匹の犬が吠える。箱にぎっしりと詰まっているのは、まだ湯気の立つ鶏の唐揚げである。

「夏前に受けた、チキン唐揚げチェーン店の採用試験に受かって、来春から晴れて正社員として雇用されることになりました」

一番先にブルーノに駆け寄り抱きついて祝うのは、マルコ。そして、建築家ニコラが続く。それを見てパトリツィアは、マルコの姉さん女房と涙ぐんでいる。子供はチキンを両手に握って頬張り、マグナムを一人で抱え込み舟を漕ぐパトリツィアの夫の脇では、ニコラ老夫婦が初めて食べる天ぷらを箸で摑めずに立ち往生している。まだ半泣きで、ときどき盛大に鼻をかむパトリツィア。テーブルについて、出社第一日目には何を着ていったらいいか、マルコの姉さん女房はブルーノに丁寧に手ほどきしている。マルコは、と見回すと、テーブルの下にかがみ込んで、犬たちが鶏の骨で喉を詰まらせないように、丁寧に肉をほぐしてやっている。鼻を鳴らして集まる、犬五匹。

私は、黙々と給仕を続ける。

犬はそれぞれ縄張りを決めたらしく、ソファーの上やらどこかから引っ張って来たクッションの上で、油たっぷりの鶏をなすり付けながら一心不乱に食べている。

九人五匹、好きなものを好きなように食べて飲み、

「じゃあ、また明日公園で」

女王が締めくくって、深夜零時を回った頃、ヒトと犬との夕餉はお開きとなった。


「ちょっと話があるのだけれど、会える？」

それから数日後、パトリツィアから電話があった。いつもの朗々とした調子とはうって変わって、声は硬く早口である。

「込み入った話なので、会ってから」

早々に電話を切られて理由はわからず終いだが、事態は深刻そうで、

早速他の犬仲間三人にも連絡を入れ、夕食後にうちへ集まることになった。

「ええ、マジかよ！」

ブルーノが突然、大きな声をあげる。マルコは、信じられないね、と繰り返しながら首を振り、ニコラは一言もないまま腕組みをして、パトリツィアを見ている。

犬が誘拐されたらしい、というのである。

「天気もいいので、今日は犬連れで出社したの。で、昼前に様子を見に行ったら、ジムがいなくなっていて」

ジムとは、パトリツィアの愛犬のことである。勤め先の新聞社は、犬と行く公園からほど近いところにあり、ちょっとした中庭がある。

勤続四十年になるパトリッツィアは、もはや新聞社の一部のようになっている。総務部の最古参の彼女に任せておけば、たいていの用件はテキパキと片付き、ミラノ支局では、パトリッツィアのほうが支局長より有名で頼りにされているといってよかった。そういうこともあって、犬同伴の出社もパトリッツィアに関してはあれこれ言う者などなく、むしろジムはミラノ支局のマスコットのような存在で、飼い主同様、有名で人気があった。

「記者やカメラマンたちも総出であちこち探したのだけれど、どこにもいない。勝手に外に出て行くような犬ではないし、『きっとこれは、事件に巻き込まれたに違いない』と警察番記者が言い出して」

「たまたま通りかかった春爛漫なメス犬に、そのままフラフラついていったんじゃないの」

「ちょっとあんた、今なんて言ったのさ？」

パトリツィアがあまりに深刻な様子なので励まそうとしたのだろう、ブルーノが笑いながら茶化して言ったとたん、パトリツィアは勢いよく立ち上がり、今にもブルーノの胸ぐらにつかみかからんばかりの憤慨ぶりである。

まあまあ、とニコラが間に入りながら、

「それで？」

今まで怒っていたパトリツィアは目に涙を浮かべて、セーターの袖口から皺くちゃのハンカチを取り出しながら、

「夕方ね、電話があったの」

と言い、ちーんと鼻をかむ。深いため息をついて、

「電話をかけてきたのは若い男で、『ジムというのは、そちらの犬ですかね』って人を馬鹿にしたような調子で聞いたのよ」

男は説明した。

公園を歩いていたら、犬が一匹、うろうろしている。しばらく見ていたが飼い主の姿は見えない。野良犬なのだろうか。迷っているのかもしれない。近づいてよく見ると、首に〈JIM〉と彫ってある札を付けている。その裏にあった電話番号にかけてみた。で、あなたの犬ですか。

「よかったじゃないの、見つかって」

マルコがのんびりと言う。パトリツィアは睨み返して、

「のらくらしてる場合じゃないのよ、あんた！　まだ続きがあるんだから、ちゃんと最後まで聞きなさい」

皆、耳を傾ける。

「そいつはね、『今晩十一時半に、スフォルツェスコ城裏の公園まで、犬を連れて行きますけど、ね』って、言ったのよ。やたらと丁寧で、だからよけいに薄気味悪かった」

いくら観光名所として有名な城とはいえ、その裏の公園で、しかも夜十一時半ともなると、車も人も通らない。どうも、ややこしそうな話である。

「そうなのよ。なんでそんなところに深夜に呼び出されるのか、と不審に思う間もなく、そいつは続けてこう言ったの」

大切なワンちゃん、なんですよね。家族同然なんでしょうねえ。かわいいもんなあ、こいつ。おいジム、早く家に戻りたいだろ。おまえ、新聞社から公園に行くまでの道、車にはねられずによく無事だったよなあ。ねえ奥さん、お忙しいんだったら、このまま外回り環状路にでも放してみますかね？　お利口なようだしさ、りっぱにお宅まで戻るかもしれませんよ。いや、この時間は暴走族が多いかもな。

で、どうします？　公園まで引き取りにいらっしゃるの、来ないの？　え、どうなんだよ、おい。

「で、いくら包む？」

腕組みをしたままのニコラが、ぼそりと低い声で言う。

へ？　とブルーノはニコラを覗き込む。

「これくらいかしらね」

右手を上げて拡げてみせる、パトリッツィア。〈五〉。

え？　五十、五百？　それ、ユーロ？

「僕が、貸そうか？」

提案するマルコをチラと横目で押さえてからニコラは、

「うちのバンは八人乗りだ。皆で行こう。身元が割れないように、帽子にマフラー、マスクにサングラスも忘れるな」

皆に向かってそう言い渡した。この近くの広場に十一時にふたたび集合することを決めて、準備のためにいったんそれぞれの家へ戻ることになった。

親切な通りがかりの人が迷い犬を保護して連絡をくれた、というような美談ではなかった。そもそもこの男は、パトリツィアが犬を連れて新聞社へ入るところから、目を付けていたのかもしれない。ジムは中庭で放し飼いにされて主人の退社を待つ、という日課もあらかじめ知っていたのではないか。

犬を見つけて、守ってやった、お返しいたしますよ、やはりそれなりの〈謝礼〉をいただかなくてはね。

これはれっきとした誘拐で、奴らは犬の身代金を要求してきたのである。

それにしても、この界隈に犬は多数いるのに、なぜよりによってジムだったのだろう。ジムはジャーマン・シェパードで図体が大きいし、誘拐して連れ歩くにはいささか不便ではないか。見知らぬ人に連れ去られて、ジムは無抵抗だったのだろうか。

「睡眠薬か麻薬でも打たれたのかも」

ぼつりと言ったマルコの言葉に、パトリツィアは蒼白になって目を剝いている。

麻薬……まさか。突然、思い当たることがあり、私は色を失った。

私がミラノの暗黒街へ行った際、警官カルロの愛犬をわざわざ借りて、連れて歩き回った。カルロの愛犬は、ジャーマン・シェパードである。飼い主にとって違いは歴然だが、他人から見たらカルロの犬もジムも同じジャーマン・シェパードで、見分けはつかない。あのとき私は一帯をけっこうな時間、犬と歩き回った。ややこしい取引の拠点とされる胡散臭いバールにも入って、コーヒーを頼んで店主と雑談を交わした。もちろん全行程、犬連れで。どれも同じに見える、ジャーマン・シェパード連れで。あの地区を、ひとり東洋人が長時間歩き回れば、犬は目眩ましどころかむしろ、目印となって余計に目立ったのかもしれない。

今日、このあたりをうろついていた怪しい東洋人を探し出せ。犬連れだったから近所にいるはずだ。ジャーマン・シェパードだ。二度とウロチョロしないようにこらしめてやらないとな。

と言ったかどうか。私には、まつわりつくような南部訛の男の声が耳元に聞こえるようだった。

「朝、公園でジムといっしょにいるところを見た奴らは、ジムが君の犬だと思った、と言うわけ？」

訝しげなブルーノに、私は頷く。

「話としてはそのほうが面白いけれど、そんな手間ひまかけてカツ上げするほど、たいそうな東洋人でもないでしょ、あなたは」

ニコラは、ふふんと私たちの会話を鼻先で笑い飛ばし、心配するなというように私の肩を叩きながら、

「最近ミラノでは、ペット誘拐事件が頻発しているらしい。『見つけた』と連絡されて、取り戻したくない飼い主はいないからな」

そう言い、パトリツィアを見る。あたりまえでしょ、と頷く女王。

いったん家に戻ったニコラは、さっそくインターネットで過去の事

件簿を調査してきて、
「身代金の相場は、五百から三千ユーロらしい」
広場にふたたび集合した私たちに教えてくれた。
たかが犬、されど犬。
「この際、額の問題じゃないわよ」
マスクを外して、パトリツィアは憤慨して叫ぶ。黙って聞いていた
マルコがぼそっと、
「でもカツ上げされたら、やはり現金で払わないと。こんな深夜、銀
行はどこも開いてませんよ」
そう言われてみると、たしかにその通りである。恐喝されて持って
いくのに、現金でないと足がつく。小切手は渡せない。しかしここは

イタリアで、現金自動支払機から下ろせる現金は、一日につき五百ユーロと上限が決まっている。

一人五百ずつ下ろして、犬仲間五人で合計二千五百。吹っかけられてもいいように、念のため相場上限の三千は携えて臨みたい。

「ひとまずここは僕が、不足分を出しておきますから」

マルコは言い、まかせておいてと胸を叩いてみせる。

悪いわね、恩に着るわ。パトリツィアはハンカチを手に、すでに目を潤ませている。

時間を無駄にしている場合ではない。それぞれがキャッシュカードで現金を下ろしてきて、バンに乗り込み、いざ出発。目指せ、城の裏の公園へ。

乗り込んでから、あらためて同乗している犬仲間を見回してみる。

たしかにニコラは、身元不詳になるように身繕いするよう指令した。しかし、変装にも限度とセンスというものがあるのではないか。

マルコは、その服をいったいどこから引っ張り出してきたのだろう。〈タバッロ〉という、足首まであるたっぷりした濃紺のマントコートで集合場所へ現れた。映画監督フェッリーニが愛用した粋な外套で、わかりやすく言えば、ドラキュラ伯爵のマントである。いまどきそんなコートは町中はもちろん、古着屋ですら見かけない。身元不詳どころか、一度見たら忘れられない、というファッションではないの、それ。もちろん頭には、ツイードの洒落たハンチング帽が載っている。

「〈ボルサリーノ〉のビンテージなんですよ、これ」マルコは自慢する。その場違いぶりが、世間擦れしていないぼんぼんそのものだ。

残高不足で五百ユーロが引き出せなかった独身ブルーノは、なんと勤め先のフライドチキンチェーン店の制服姿で、バンに乗り込んできた。

「ユニフォームって、〈形を同じにする〉っていう意味でしょ。これ着たら、みな同じに見えて紛れるもんね」

鶏のトサカを象《かたど》った赤い帽子に、胸元に大きく〈パオリーノのチキン〉と商号が赤で染め抜かれた白いつなぎ姿は、夜目にも遠目にも、強烈な存在感である。

本件主役のパトリッツィアは、顔半分以上を隠すマスクに女優のような大ぶりのサングラスをかけている。

誘拐事件、恐喝事件かもしれないのに、バンの中ではいつの間にか「気付けに」とパトリッツィアが持参した、グラッパの瓶が回って来る。

運転するニコラと私たち四人を乗せたバンは、十五分ほどで約束の場所である公園に着いた。十八時以降、公園の門は閉まっているため、あたりには人気がない。外灯ががらんとした公園を照らし、それがかえってうら寂しい。

待ち合わせの場所には、電話をかけてきた男の姿も、待ち合わせふうの車も見えない。相手が一人でやってくるとは限らない。チンピラたちが大勢でやってきたらどうしよう。停めたバンの中で待っていてそこを急襲されたら怖いな、とニコラが言い、ならば男が現れるまで、そばのロータリー交差点をぐるぐる走り回りながら待とう、ということとになった。ロータリーから、公園口がよく見えるからだった。

いったい何周しただろう。この時間にロータリーを回る車などなく、停めて待っていようが回り続けようが、こちらの存在は一目瞭然なのだった。

突然、白いミニバスが闇の中から走り出てきた。窓にはカーテンが引いてあり、見えるのは運転席と助手席だけである。

やあ。想像したより若い男が、ぐるぐる回る私たちに向かって、躊躇することなく笑って手を上げた。

「き、来たぞ」

深呼吸してニコラはゆっくりとロータリーから出て、公園口から少し離れたところで車を停めた。「いざとなったら、運転を頼む」と私たち女性二人に言い残し、ニコラとマルコ、ブルーノの男性陣はバンを降りて、ロータリーを挟んで反対側へ停まったミニバスへ向かって歩き始めた。揺れるトサカと優雅なマントの後ろ姿は実に滑稽で、事態をつい忘れて、パトリツィアと私は思わず吹き出してしまう。

運転席から降りてきた男はごく小柄で、我らが男組三人がとり囲むようにして立ち、話している。

五分も経っただろうか。ピュウという聞き慣れたブルーノの指笛が聞こえたかと思うと、ミニバスから犬が飛び出してきた。まるで射放たれた矢のように、犬はこちらをめがけて全速力で駆けて来る。

「ああ、ジム！」

それだけ言って、あとは言葉にならない。涙のパトリツィアにしかと抱かれたジムは大きく舌を出し、嬉しそうである。

私は、バンのエンジンをかける。ニコラたちが戻ってきたら即、車を出して一刻も早くここから逃げ出せるように。もしカーチェイスにでもなったらどうしよう。

もろもろの心配は、取越し苦労だったようだ。三人は、悠々と歩いてロータリーを越え、笑いながら互いの背中を叩きあったりしている。

早く乗って。

「そう慌てなさんな。だいじょうぶだから」

そう言うニコラに続いて、

「さすが、ブルーノは現場処理に強いね」

つくづく感心した、とマルコが大げさに褒める。

「南部訛でもなければ、怪しげな風体でもない、ごくふつうの若い男だった」

ニコラは説明した。ミニバスの男は三人に会うと、こう話し出したのだという。

公園でジムを見かけたとき、捨て犬かと思った。自分は無類の犬好きである。これは天からの授かりもの、と嬉しくて、犬に近づいて「来いよ」と声をかけてみたら、嬉しそうについてきた。家に連れ帰ってよく見たら、首輪には電話番号が入ったメダルがついている。しかも、五つもの番号が彫り込んである。飼い主は、きっと大変な愛犬家に違いない。この犬の愛想がいいのも、育ちがいいせいだろう。

おい、どうするお前。犬に問うてみる。

クゥーンと、犬は切なく呻く。

そうか。戻りたいか。

『さっさと返して来てよ！』

すかさず後ろからは、妻の不機嫌そうな声が飛ぶ。

ローンで手に入れたばかりのアパートに、妻は身重。俺は解雇されたばかりで、次のあてもない。そんなうちで飼われたところで、おまえ、幸せにはなれないよなあ。


「で、いくらにする？」

ニコラとマルコが冗長な男の話にしんみり聞き入っているところ、

ブルーノは木で鼻をくくったような調子で、ずけっと切り込んだ。

男は、びくりとして口をつぐむ。

「ローン一ヶ月分でどうだ」

ブルーノが詰め寄る。

いや、その、金が欲しいわけじゃないんだ。

「あっそ。なら今すぐ、このまま連れて帰るよ、犬。すまなかったな、面倒かけて」

犬を呼ぶため指笛を吹こうと手を口元へ持っていこうとしたブルーノに、助手席から大きなお腹を揺すって降りて来た、男の妻がこう言った。

「二ヶ月分で、どうよ」

おう、よし手を打とう。

一千ユーロを目の前で数えてみせて、男の妻に手渡すブルーノはきびきびとしていて、「僕らもうっとりするほど、恰好よかったんだから」とマルコが興奮気味に説明する。

ピュウと指笛を吹いたあと、ブルーノが男の妻に向かって、

「将来あのジムに子犬が生まれるようなことがあったら、一匹やるよ」

と言ったら、妻は札をポケットに詰め込みながら、

「亭主でじゅうぶん間に合ってる」

と返し、じゃあ、と今度は彼女が運転席に座り、「あんた、さっさと乗りなさいよ」と路上でぼうっとしている男に向かって顎をしゃく

り、ミニバスは猛スピードで走り去っていった。

パトリツィアと私はエンジンをいったん止めて、ブルーノに二人で抱きついて貢献を褒め感謝した。

赤いトサカがややずれて、それでもチキンは誇り高そうに天を向いていた。

本書は、株式会社文藝春秋のご厚意により、文春文庫『ジーノの家』を底本としました。但し、頁数の都合により、上巻・下巻の二分冊といたしました。

ジーノの家―イタリア10景―　上

（大活字本シリーズ）

2021年11月20日発行（限定部数700部）

底　本　文春文庫『ジーノの家』

定　価　（本体3,000円＋税）

著　者　内田　洋子

発行者　並木　則康

発行所　社会福祉法人 埼玉福祉会

埼玉県新座市堀ノ内3―7―31　〒352―0023

電話　048―481―2181

振替　00160―3―24404

印刷製本所　社会福祉法人　埼玉福祉会 印刷事業部

ISBN 978-4-86596-485-1

大活字本シリーズ発刊の趣意

現在，全国で65才以上の高齢者は1,240万人にも及び，我が国も先進諸国なみに高齢化社会になってまいりました。これらの人々は，多かれ少なかれ視力が衰えてきております。また一方，視力障害者のうちの約半数は弱視障害者で，18万人を数えますが，全盲と弱視の割合は，医学の進歩によって弱視者が増える傾向にあると言われております。

私どもの社会生活は，職業上も，文化生活上も，活字を除外しては考えられません。拡大鏡や拡大テレビなどを使用しても，眼の疲労は早く，活字が大きいことが一番望まれています。しかしながら，大きな活字で組みますと，ページ数が増大し，かつ販売部数がそれほどまとまらないので，いきおいコスト高となってしまうために，どこの出版社でも発行に踏み切れないのが実態であります。

埼玉福祉会は，老人や弱視者に少しでも読み易い大活字本を提供することを念願とし，身体障害者の働く工場を母胎として，製作し発行することに踏み切りました。

何卒，強力なご支援をいただき，図書館・盲学校・弱視学級のある学校・福祉センター・老人ホーム・病院等々に広く普及し，多くの人人に利用されることを切望してやみません。